短命妻求反轉

上

文創風 1014

錦玉 著

目錄

序文

錦玉

某日出去踏青，看著周遭的田園風光，感受著時光慢慢流動，突然就想寫一個細水長流、相濡以沫的故事。裡面的男主角女主角不需要轟轟烈烈的愛情，而是在相處之中，由好感、心動到相知相愛。我就動筆寫了這個故事。男女主角不一定是完美的，但對待感情都是真摯的，兩人感情由青澀到成熟，最後走向圓滿。

一開始寫得流暢，但是到了中後期的時候，有些卡文。那時間，生活中也有諸多瑣事繁忙，最後還是慢慢調整回來。調整好了心態，卻一下子找不回那種感覺來。一度有些迷茫，但當自己將前面的內容通讀一遍，細細回味整理之後，那些最初的想法和感覺又滿滿地湧上心頭了。然後，繼續將這個故事寫下去，讓男女主角有個好結局，給了這個故事圓滿。

完結的時候，有種鬆一口氣的感覺，一直提著的心也穩穩落地了。每次寫文就跟一場旅行一般，開始是新鮮的，中間會有疲憊、迷茫、退縮的念頭，但是最後也堅持下來了。回過頭去看，又會覺得這段旅途充滿了精彩，滿滿都是回憶，滿滿都是成就感。

這本書將我想要表達的都表達了出來，希望呈現給大家的是一段充滿生活氣息的感情故事。愛情不一定轟轟烈烈、刻骨銘心，平平常常的生活裡也會藏著甜蜜和幸福。只要認真感受，用心體會，都能獲得幸福。

第一章

林悠悠的前三十年頗為坎坷，小時候被丟在孤兒院門口，靠自己奮鬥到三十歲那年終於拿下了金廚神的獎盃，成了新一任廚神。這在華國史上極為罕見，乃是唯二的女廚神，而林悠悠更是最年輕的廚神。

林悠悠覺得一切的汗水和付出都值了，上半生從沒休息過一天，下半生，她想要好好休息一下，過上鹹魚生活。那一晚，林悠悠就想著了，明天要去雲市看花，後天要去北川吃熱奶茶，大後天去吃最新鮮的羊肉。

帶著美好的期待，林悠悠進入了夢鄉。

恢復意識的時候，林悠悠第一個感覺是熱，很悶熱。她動了動身子，瞬間感覺身上黏膩膩的，出了很多汗。正疑惑間，就感覺手上捏著什麼。

低頭去看，看到手上捏著一張素白紙張，上面寫著些字。只是那字跡看上去十分奇怪，竟然是繁體字，而且還是毛筆字。

林悠悠為了鑽研廚藝，也時常研究各種古籍上的方子，所以也涉獵了繁體字，所以信上的字倒是認得。

她將紙張拿到眼前略一看。這竟然是一封情書，表達的是一腔綿綿情意。只是在林悠悠看來，這內容有些浮於表面，過於浮誇了一些。

心中才這樣評價的時候，腦袋就是一陣鈍痛，約莫一盞茶的功夫才消失。

林悠悠只覺得全身脫力，伸手捂著腦袋，慢慢放鬆身體，靠在床上，忍不住露出了一抹苦澀笑容。

她這是趕時髦穿越了，穿進了一本前段時間看過的小說裡面。那幾天正是廚神爭霸賽的關鍵時期，她頗感煩躁，就隨意找了本小說看看，排遣一下，誰想到她竟然就穿進了這本小說裡。

那是一本叫《青雲路》的大男主角科舉文，男主角劉彥前期遭遇各種磨難坎坷，最後一路披荊斬棘，連中六元，成為名動天下的狀元郎。年輕俊美的狀元郎在踏馬遊街的時候，被清華郡主一眼相中，於是娶了才貌雙絕的清華郡主；後面自然又是一路高歌猛進，成為一代權臣，流芳百世的故事。

而林悠悠之所以對這本小說印象頗深，是因為自己和男主角劉彥那個讓大家提起便厭惡的原配一樣的名字。

而現在，林悠悠就成了這個原配。

林悠悠看著手裡捏著的情書，想想書中淒慘的下場——被人賣給過路的行商，不過幾個月就折磨死了，忍不住打了個寒顫。

死是不想死的，她可是很惜命的，不僅要活，還要活得舒服。

上輩子勞累半生，雖然功成名就，卻沒有好好享受過生活。這輩子，她要好好感受一下。

「四弟妹，吃飯了。」

門外突然傳來敲門聲，林悠悠回神，下意識先將手上的信塞到了枕頭底下，然後打開房門。

門口站著一個妙齡少婦，看年紀也就二十出頭，這是原身的三嫂苗氏。

苗氏傳完話，沒多看林悠悠一眼，轉身就走了。

林悠悠無奈扯了下嘴角，這才想起來，她如今穿的時刻不是最糟糕，但也不是太好。現在還是《青雲路》未開場的時候，如今內容以後會穿插在男主角的回憶裡，而男主角劉彥現下正在鎮上的書院讀書，這也是他悲慘的開端，為以後那個芝蘭玉樹卻冷漠無情的一代權臣奠定基礎。

原身是鎮上雜貨鋪林家的女兒，原本是和縣城裡面的舉人兒子有婚約，結果因為一次意外落水，被劉彥所救，失了名節，只能嫁給劉彥這鄉下泥腿子。

原身自然是萬般不情願，但是不嫁給劉彥，她就只能剃了頭髮去做姑子，或者一根繩子吊死。於是，她含淚嫁給劉彥。

原身出嫁後，和陳舉人家的婚事也被繼母帶來的妹妹給占了。原身將這一切都記在劉彥頭上。

如果不是劉彥，她怎麼會錯失良緣，要來過這窮困的生活？

原身心氣不順，嫁過來後就整天作妖，作得全家都厭惡非常。但原身時常拿劉彥出來說事，說若不是劉彥，她就算是死了，那也是清清白白的，大有一副誰敢給她委屈受，她就吊死在劉彥的書院門口。看原身這個樣子，劉家的人自然只能忍了。

原身在劉家就越發猖狂、肆無忌憚，反正她不順心，就讓大家都不順心。

但是，自從上個月在鎮上偶然遇到前未婚夫，也就是現在的妹夫陳德中，原身那顆稍微順一點的心又起波瀾了。

兩個人就那麼一個錯身便對上眼了，近來已經開始暗通書信以寄相思之意。

林悠悠剛才手上拿的那封信，就是陳德中託人暗中給她的，約她明日午後在鎮上的一處宅子見面。那宅子是陳家在鎮上的產業。

在林悠悠沒來之前，原身在第二日打扮一番前去赴約了，在那宅子裡被陳德中哄騙得差點失身的時候，妹妹林柔柔就帶著一群人過來捉姦。

當場抓個現行，陳德中張嘴就是原身蓄意勾引他，自己倒是脫身了。而原身就慘了，本就是有夫之婦，又勾引自己的妹夫，當場便有人要將原身去沈塘，還是劉家求情保住了一條命。

但劉彥還是休書一封將原身休了。原身勾引自己的妹夫，林家也留不得她了，原身無奈，就去投奔了舅舅，卻被黑心的舅母賣給了過路的行商，不過一個月就被折磨死了。

這就是原身短暫的一生，可憐可嘆。

而因為原身做的醜事，劉彥的爹生生被氣死，劉彥因此守孝三年；也因為原身，劉家姑娘的嫁娶都受了影響，因此三個嫂嫂都怪到劉彥身上，不再供劉彥讀書。

劉彥肩不能扛手不能提的，但一手好字、能寫會算，就去給人當帳房，也能餬口。但劉彥的娘看到最心愛的小兒子不能讀書，鬱鬱寡歡，不過三年也去世了。自此劉彥就一個人生活，再沒有了曾經和和美美的一家人、兄友弟恭、父慈子孝。

這一切，都是原身造成的。

對於原身，林悠悠也覺得可恨至極，不僅害了自己，還連累別人。不過，好在穿過來的時候，一切尚且來得及。

林悠悠一邊回憶著書中的劇情，人也來到了劉家人吃飯的堂屋。

劉家當家的是劉老漢，人稱劉老三，因其在族內同輩行三。劉老漢也就是劉彥的爹，今年五十多歲，臉上滿是歲月勞累留下的痕跡，一雙眉目總是擰著，時常為生計發愁。劉家本就不富裕，還要供著一個讀書人，可想而知是有多麼艱難。

此刻，劉老漢端坐在桌子正中，旁邊則是其妻鄭氏。鄭氏是個圓臉，看著倒是和善，實際上卻是個厲害的人，將手底下的媳婦管得服服貼貼的——當然除了原身。

劉老漢和鄭氏共育有四子，分別是老大劉大江、老二劉大海、老三劉大河，老四也是最小的兒子劉彥。

劉彥本來應該叫劉大溪的，這名字在鄭氏一懷孕的時候，劉老漢就取好了。但某天鄭氏卻作了個夢，夢見自己成了誥命夫人，穿金戴銀。她和劉老漢說了這個夢之後，當天夜裡，肚子就發動了，第二天破曉時生了一個兒子。那一刻，劉老漢聽著兒子嘹亮的啼哭，再抬頭看天上那明晃晃的朝陽，頓時一股豪氣沖雲之感，覺得大溪這個名字不好聽，拿了一籃子雞蛋，專門找了村子裡面教導啟蒙的老童生取了名字，劉彥因此而得名。

而劉彥打小也確實機靈聰明，劉老漢一咬牙，就決定供劉彥讀書。劉彥今年十五歲，也是讀書的第七個年頭了，教導劉彥的秀才說，劉彥基礎扎實，今年可以下場考試了。

考試，就要準備銀子，因此劉老漢近來眉頭越發皺得緊了。

劉老漢抬頭看了林悠悠一眼，淡淡道：「吃飯吧。」

劉老漢發話後，大家就動了筷子。

林悠悠也在唯一的空位坐好，拿起筷子。她肚子確實有些餓了。

可抬眸一望，瞬間面色發苦。只見桌子上就擺了一盆菜和一盆略微發黑的饅頭。菜是自家菜園子裡種的大白菜，開水一撈，滴一滴油，再放點鹽，筷子一拌，午飯的菜就有了著落。饅頭是用粗麵混合著豆粉做的，因為磨得不夠細，甚至摻雜了一些麥糠豆皮，口感生硬還發苦發澀，實在是難吃得緊。但這還不是想吃就能吃的，人人都有分額的，幹活的男人多吃，女人和孩子們就少吃一些。

當然，原身性子霸道又豁得出去，她可以隨便吃，沒人敢惹。

原身家裡開雜貨鋪，不算特別富裕，也是有點銀錢的，而且繼母素來愛裝賢慧，所以原身在娘家的伙食真不差。劉家的這些食物，她是真看不上也吃不慣，每次也就隨便吃點，再回房間吃點心。

原身隔幾日就會回娘家看望親爹林大谷，說幾句貼心話，再一起懷念早亡的母親，然後感慨一下在劉家的生活，林大谷就偷偷給原身塞點銅板。

原身得了銅板就買點心買吃食，拿回去也是偷偷藏著自己吃。有次吃的時候被三房三歲的小姪子鐵牛看到，小姪子在一邊眼巴巴看著，原身卻是無動於衷，一小口一小口慢慢吃乾淨，惹得小鐵牛眼淚啪嗒啪嗒掉，哭得差點背過氣去。自此，三房的嫂嫂苗氏再看見原身，那眼神要多冷有多冷。

想起這段，林悠悠只覺得臉有些發燙，忙伸手拿了一個饅頭以此掩飾。

張嘴咬了一口，瞬間那種粗糙、發苦的饅頭就在嘴裡炸開。此刻，真是吞也不是，吐也不是。

林悠悠實在很久沒有吃過這樣的食物了，真是難為她了。

但她也是極愛惜食物的，做不出浪費的事情，也只能一口一口吃了。畢竟，她如今肚子也餓，為了填飽肚子，也不能計較太多了。

她吃一口饅頭，喝一口面前的粥。

與其說是粥，不如說是米湯，上面就影影綽綽地能看到一點點米粒。

等林悠悠終於將饅頭吃完，一碗粥也喝完了，才發現就剩下她一個人，桌子上擺著的一盆白菜、一盆饅頭也都空了。

林悠悠起身，將桌子上的碗都收了一下，抱到廚房。

此時大嫂陳氏正在廚房裡面刷鍋，聽到動靜，轉過頭就看到林悠悠正抱著一摞碗站在門口，頓時驚詫得愣在那裡，還下意識轉頭去看外面的日頭，看看今天太陽是不是打西邊出來了。

四弟妹這是怎麼了？陳氏心頭一動，面色就跟著一緊，快步走到林悠悠身邊，伸手將林悠悠手上的一疊碗奪了過來，放在了灶臺上，這才暗暗鬆一口氣。

劉家是莊戶人家，還供著一個讀書人，可想而知家境緊張。這一摞碗要是被打掉，得重新置辦，那得花多少銀錢，可不得把人心疼死。

陳氏的動作太快，林悠悠直到陳氏面上露出鬆了一口氣的表情才反應過來。對方這是怕自己將碗故意給打掉。

還沒來得及感受，腦海裡就浮現了原身曾經故意打碎一個盤子，讓劉家人再不敢給她安排活計，不然啥事沒幹還損失慘重，一家人心疼半死。

林悠悠無奈地眨了眨眼睛，在陳氏戒備的目光中退出廚房，轉回自己房間。

林悠悠坐在窗戶邊，趴在桌子上。這是劉彥的書桌，劉老漢特意上山砍的木頭，親手做的桌子，雖然看著簡單，卻是滿含劉老漢的拳拳愛子之心。

林悠悠看著外面，正對著的是劉家後院。劉家的後院都被開墾出來，滿滿當當地種著菜。

現在正是三月時節，園子裡面種類繁多，菜地裡種的有白菜、韭菜、油菜、大蔥等，看去長勢倒是喜人，鬱鬱蔥蔥的。林悠悠心頭動了動，想到劉家之所以能供得起一個讀書人，不僅是因為全家人都很勤快，地裡出產不錯，並且劉家還賣菜，賣的都是自家種的菜。這些菜也是鄭氏帶著幾個媳婦一起弄出來的。

劉家一開始從賣菜上得了利，頓時覺得這條路可行，想要多種些菜。家裡能用的地方都拿來種菜了，要再想多種，就沒有地方了。

因此劉老漢吧嗒吧嗒抽了一袋旱煙後，就定了村後半山腰上的荒地。劉老漢帶著劉家人花費了一個月將荒地給打理清楚了，做了籬笆，養了大狗，建了臨時的草棚，就打理了一個菜園子出來。劉家靠著這兩個菜園子，日子慢慢緩和過來了。

因為做了賣菜的營生，劉家今年的日子倒是鬆快了一些。眾人滿心期待著今年能過個好年，劉彥的考試能一路順暢，得個童生。

看到那青翠欲滴、嫩生生的韭菜，以及白嫩嫩的大白菜，林悠悠覺得手癢心癢嘴癢。

她想吃韭菜盒子、韭菜雞蛋、韭菜餃子、酸辣白菜、蒜蓉白菜、醋溜白菜、清炒白菜、開水白菜……嗯，怎麼做都好吃，嫩嫩的，還帶點甜。

想著，林悠悠就忍不住了。一天不拿刀鏟，她覺得渾身都不自在。

想想中午那發澀發苦的午飯，她想改善一下伙食。要是做別的，劉家人怕是不肯，但做白菜、韭菜的話還好，畢竟劉家就是菜多。

正想著呢，肚子就餓得咕嚕叫了。剛才午飯沒吃多少，這會兒有點餓了。她走到唯一的一個櫃子邊，打開櫃門，從裡面拿了一個油紙包，又回到書桌邊打開，裡面整齊地擺著六塊白色糕點。

她撚起一快，小口小口吃了起來。

這是綠豆糕，口感略硬，吃著還容易掉屑，即使這樣，這綠豆糕還不便宜，這樣一個油紙包著六塊就要四文錢。要知道，白菜一文錢兩斤呢，這六塊綠豆糕可以買八斤白菜了。

林悠悠吃了三塊才感覺不餓了，重新將油紙包包好，放回櫃子裡。

才關上櫃門，她就覺得一陣暈眩，忙扶住櫃子才沒摔倒在地。她在床邊坐下，不知道是不是穿越的後遺症，整個人很是昏沈，疲憊得很。

她順勢躺下，沒一會兒就睡了過去。再醒來的時候已經是黃昏，夕陽快要落盡，隱約能夠聽到外面傳來村人收工回家，互相打招呼的聲音。

林悠悠忙起身，整理好衣裳，推開房門，心裡一邊想著，怕是晚飯已經做好了。

走到堂屋，卻見劉家人除了劉彥都在這裡，一個個愁眉苦臉的。就連素來持重的劉老漢此刻也是眉頭深皺，吧嗒吧嗒地抽著旱煙。

這是遇到了什麼難事？

「那周家的當真不要我們的菜了？」

劉老漢抽菸抽得更急了，刻滿歲月痕跡的臉在煙霧繚繞中越發顯得晦澀莫名。

「老頭子，你倒是說話呀？周家的要是不要我們的菜，我們的菜可怎麼是好？菜園子裡的那些菜再不收就該老了。還有後山那好些菜，也得趕緊收了。」

堂屋裡的氣氛越發低迷了。

雖然劉老漢沒有說任何話，但大家卻已經知道了其中的意思，那周家的真的不收劉家的菜了。

「……沒事，我們還能賣雞蛋呢！」

鄭氏勉強擠出個笑容來。事情還沒有太糟，前些日子得了周家的指點，說是鎮上的徐員外家要辦喜事，需要很多雞蛋。他們居中幫忙牽了線，讓劉家得了這個門路，儘管去多收雞蛋，能收多少是多少，反正到時候徐家夠了，他們周家還要，再不行讓同行的飯館吃下，總不會讓劉家吃虧的。

得了這樣的機會，劉家人自然是不能錯過的。劉彥讀書花費大，得多攢錢才行。她們去附近村子裡收了好些雞蛋，足足有六千個，都在後院放著呢。

「徐員外家的雞蛋不要了，周家的也不收了。」

鄭氏安慰完自己，也安慰完大家，正準備讓大家開飯的時候，劉老漢卻是又冒了這一句話。

得更凶了。

鄭氏勉強擠出的笑容停在那裡，不可思議地轉過頭去看自家老頭子，卻見老頭子的菸抽

她面上神色變換，最後是深深的憤恨。「周家的怎敢、怎敢?!」

「周家的兄弟家也種了菜，周家的舅舅家也收了雞蛋。」

這就給了答案。自家人有的東西，哪裡還會肯讓這錢給外人賺？可他們劉家是外人嗎？

劉家可是他們的恩人呀！

鄭氏眼眶瞬間紅了，是氣的怒的，之後，眼眶裡面忍不住有些濕了。

這些東西若都沒人要，他們劉家可怎麼辦？種菜倒是還好，種子不要多少錢，重要的是人力。但是那些雞蛋都是要錢的，他們劉家當時沒錢，也是因為周家的給了準話，才跟村子裡借錢收的。

當時說好了，下個月就還錢，再半個月就到了時候。如今劉家裡面可是沒有多少錢啊，半個月前，劉彥交束脩，家裡的銀錢都已經掏得差不多了。當時想著還有一個月，有院子裡面那些菜，再將雞蛋賣出去，完全能夠轉得過來，哪裡想到周家的人竟然背信棄義，做出這種事情來！

鄭氏氣得渾身顫抖。

「那周家的在鎮上開著一間小飯館，當初被人鬧事，周家的老爺子差點被人打死，還是我們家老大路過給救了，老二還因此傷了一隻手，就此落下病根。那周家的當初說要報恩，

要給銀錢，我們堅持不肯收。最後是周家的提了他們家需要收菜，讓我們種菜，但我們劉家也是要了一個公道價格，沒有占任何便宜。更甚者，後來周家吃緊，我們還賒了大半年的菜給他們。那個時候，我們多緊張啊，最艱難的時候天天就吃一碗稀粥，老大直接在幹活時餓暈過去。周家的現在卻是過河拆橋，實在是欺人太甚！」鄭氏說著說著，眼淚就落了下來。

「不要說了，開飯。」

劉老漢是一家之主，他一開口，鄭氏就擦了眼淚去廚房張羅了。

將事情聽得差不多的林悠悠，此刻也不好提做菜了，就跟著劉家人吃了。

晚上吃清炒蘿蔔和稀粥，清炒真的是清炒，反正林悠悠是沒看到一點油水。稀粥也是真的稀，往裡面一看，那粥都能照人。

林悠悠嘗了一下蘿蔔，甜甜軟軟的，還是不錯。

不過因為劉老漢說的事情，大家神色都有些鬱鬱，吃東西也安靜得很。鄭氏更是只寥寥挾了幾筷子就放下了。

劉老漢也吃不下，他將一碗粥直接唏哩嘩啦地喝了就放下碗，背著手去了後院，對著欣欣向榮的菜園子抽旱煙了。

林悠悠回到房間的時候，看到劉老漢還坐在那裡，只是這會兒沒抽旱煙了，而是面容發苦，滿面愁容地看著那些菜。

林悠悠深吸了一口氣，到底是壓下了心底的蠢蠢欲動。

她還是有些融入不了，感覺現在更像是一場夢。

她從櫃子裡將綠豆糕拿出來，吃了一塊，覺得味同嚼蠟，沒什麼意思。又忍不住繼續坐到窗邊看劉老漢的背影。

不過一會兒，鄭氏就出來將劉老漢叫回去了。

林悠悠終於安心躺上床了。她只想過退休生活，做點好吃的，種點花草。

第二章

鎮上的飯館不再收劉家的菜和雞蛋，劉老漢第二天天沒亮就起來了，帶著三個兒子摘了新鮮的菜，挑著雞蛋，踏著霧氣去了鎮上。

他就不信了，自家的青菜新鮮水靈、個大飽滿，雞蛋也是又大又好，沒了吉祥飯館，沒了周家，就沒人買了嗎？

不過，想像是美好的，現實是殘酷的。

鎮上那些需要大量食材的飯館酒樓早就有了長期穩定的合作對象，劉家根本插不進去。至於去市場賣，劉家男人一個個都老實巴交的，像木頭樁子一樣愣在那裡，實在吸引不了顧客。

好不容易來了顧客，劉家卻還以賣給周家的價錢喊價，賣是賣出去了，卻得罪了旁邊其他賣菜的，被人聯合著趕出了市場。

最後只能沿街叫賣，可都是笨嘴拙舌的，最後也只賣了十幾文錢。

四個大男人出去一天就賣了十幾文，還不如去碼頭扛貨。

到了傍晚，劉老漢帶著三個兒子回來了，挑著的菜已經蔫了，雞蛋看著也沒少。

劉老漢雖然年紀大，往常都是很有精神的，走起路來也是步步生風的。可這回卻覺得整個人好像卸了一半的精氣神，面容都蒼老了下來。他目光低垂，沒去看任何人，直直回了自己的房間。

鄭氏看到這樣，還有什麼不懂的，眼淚一下子就下來了。

三個兒媳婦看著，眼睛也跟著紅了。

三個兒子挑著擔子，無措地站在那裡，惶恐又無助，不知道如何是好。

林悠悠也站在眾人身後，看到這幅情景，心頭就是酸酸澀澀的，難受得很。想要安慰自己這只是一場荒唐的夢，不用在意，但還是被觸動了。

那些人活生生站在那裡，會哭會怒會悲傷，她還是忍不住。不管如何，且行且珍惜吧，至少幫劉家人也是幫自己吧！

林悠悠動了動目光，想著如何幫助劉家人。最重要的也是她想改善伙食。

不過具體要如何幫助劉家人，她還得先觀察看看。明天藉口說回娘家，四處看看，看做個什麼營生合適吧！

林悠悠心裡存著事情，吃了晚飯，在院子裡消食完就回了房間。

躺在床上的時候，她總覺得自己忘了什麼事情，但一下子想不起來。罷了，該想起來就會想起來的。

快睡著的時候，林悠悠突然就想起來了。

昨天剛穿過來的時候，手上不就捏著一封信？那是原身和妹夫陳德中暗通款曲的證據，兩人約好了今日午後在陳家宅子裡幽會的，然後她完全忘記了。難怪總覺得自己忘記了什麼，竟然是將這件事情給忘記了。

忘就忘了吧，也不是什麼大不了的事情。林悠悠重新躺回去，這下可算是安穩地睡著了。

第二天，吃過早飯，林悠悠和鄭氏說了一聲就往鎮上去了。

鄭氏如今心煩意亂，更是沒心思管林悠悠，話語過耳，她隨意揮了揮手，就繼續煩劉家的事情了。

林悠悠就出了劉家，路上也遇到幾個村民，大家也都沒和她說話，當沒看到一般走過去。林悠悠也不會自找沒趣，倒是頗為舒適地欣賞旁邊的山光水色來。

遠處是蒼茫的大山，樹木鬱鬱蔥蔥，鼻尖是清新的草木香，一切都是那麼宜人。

林悠悠想著，等有錢了，就在這裡蓋一棟古色古香的二層小樓，前面種花，後面種菜；院子裡再栽上幾棵果樹、棗樹、桃樹、梨樹、石榴，再牽個葡萄架，養隻狗，一切就齊活兒了。到了夏天晚上，就在院子裡面擺張躺椅，在上面晃晃悠悠地看星星。

想想，都覺得心裡舒坦，可還是得有錢。

林悠悠嫁到劉家三個月，每個月裡總得去鎮上七、八回，所以去鎮上的這條路是再熟悉不過的了。

劉家在的村子是梨花村，因為村子裡面種了一大片的梨樹而得名。梨樹是村裡大戶王氏所有，當每年豐收的時候，都會給村裡的人分發一些嘗嘗鮮。

鎮子則是叫青河鎮，因為鄰近青河而得名。

從梨花村往青河鎮去，若是坐牛車只要一刻鐘，若是走路則需要大半個時辰。但去鎮上的牛車要鎮上趕集的時候才有，平日裡要去鎮上辦事的，只能用腳走了。

不過好在原身身體還好，這路也是走慣了的，林悠悠倒是沒有覺得吃力。

此時正是早春時節，到處草長鶯飛，頗有種踏青的感覺。

出了梨花村，道路變得很寬敞，不再是鄉村的泥土路了，應該是條官道。正這般想著的時候，就看到一隊商隊過來了。

這是一個十幾人的商隊，風塵僕僕的，渴了就拿出水囊喝水，很快就越過了林悠悠。

林悠悠往旁邊避了避，待人過去，塵土平息了，再繼續走。

誰知道，才走了十幾步路，又聽到後面有密集的腳步聲傳來，止住步子往旁邊站。沒一會兒，果然又看到一行人往這裡來，卻不是商隊，倒像是出行的人。

林悠悠依舊等這行人馬過了再繼續趕路，如此趕到青河鎮的時候，林悠悠竟然看到好幾撥人馬經過。

她一邊走，一邊往以前的記憶裡面找了找。以往每次走這條路，也經常遇到過往的商旅，這裡也確實是一條官道，具體的情況卻不是很清楚。

林悠悠記下了，很快就到了林家的雜貨鋪。

此時，林父正在櫃檯後面撥算盤，正要招呼呢，抬頭一看是林悠悠，頓時一怔。

「倒是巧了，昨日妳妹妹和妹夫過來小住，如今還在家裡呢！妳待會兒也留下，一家人一起吃頓飯。」

那兩人還沒走？林悠悠眉頭一挑，她可不想跟那兩人沾上。倒不是怕了，而是嫌麻煩。原身和那陳德中昨日約好午後幽會，結果她沒去；林柔柔暗中盯梢了許久，就等著昨日來個捉姦在床，怕是撲了個空，兩口子心裡都憋著氣呢，她這過去不是跟赴鴻門宴一般嗎？

「妳娘今日特地去買了條大肥魚，還有兩隻豬蹄呢，妳娘做的滷豬蹄可是一絕，很下飯的。」

「好的。」林悠悠聽到了自己屈服於美食的聲音。

沒辦法，回去又得吃那雜糧饅頭以及那稀得能照人的米粥，她還是去鴻門宴吧！反正，她到時候就吃飯，不理會那兩人。

看到林悠悠同意，林父就點了點頭，轉身去後面的宅子裡交代了一聲，沒一會兒又回來了。

因為原身和陳德中的婚事被繼女給占了，原身婚後經常過來訴苦，林父只好補償一二。反正林家生意不錯，略有些餘錢，給原身的也不過一些銅板，和陳家下的聘禮比起來，實在不值得什麼。

林悠悠看著林父招呼來買東西的幾個客人之後，見著空隙就問起了官道的事情。

「爹爹，城外的那條官道倒是繁榮，很多商旅經過那裡。」

林父年紀在那裡，又因為雜貨鋪進貨，也偶爾有去外地看貨拿貨的經歷，聽了林悠悠的話，當即道：「那條路連著堯城和桐城，堯城和桐城皆富饒，行走之人頗豐，自是商旅隊伍多。」

「那些商旅會來鎮上嗎？」

「不會，他們基本都是往楊縣而去，在那裡住宿休整一番，然後繼續趕路。」

林悠悠頓時在腦海裡面串連了一下這些資訊。上一個相連的城鎮距離梨花村村口是一個多時辰的路，距離下一個休整的地方楊縣還有兩個時辰的路，若是在官道旁邊開個茶寮飯館，豈不是有很大的商機？

林悠悠越想越覺得可行，讓過路的人喝口水，吃點東西，補給一些乾糧，真是再好不過了。

不過具體的地方，她待會兒吃過午飯，趕回去的時候再好好勘察一下。

到飯點的時候，林父就讓跑腿小唐看著鋪子，他則是領著林悠悠去後面的宅子吃午飯了。

到了堂屋，正看到繼母張氏和林柔柔、陳德中在說話。

聽到腳步聲，幾人齊齊望過來，待看到林悠悠時，神色不一。

林悠悠真的只是打算過來蹭個飯的，吃完飯還趕著回去，記掛著要找個地方建個茶寮，賣些茶水和簡單吃食。所以吃飯的時候，她專心吃飯，填飽肚子，沒有摻和那一家人親親熱熱的說話。

張氏的手藝一般，但勝在古代的食材天然，隨便一加工，味道很是不錯。加上前面在劉家吃了兩天，這回竟然也覺得尚可入口。

所以，林悠悠很認真地吃飯。

但是，這桌子下面突然伸過來的一隻腳是怎麼回事？她餘光瞄了一眼，是陳德中的腳，在輕輕蹭著自己的腳尖。

這頭禽獸！林悠悠覺得實在不能忍，當即對著陳德中的腳就是狠狠一踹。

然後，堂屋裡同時響起了兩聲痛呼。一個自然是陳德中的，還有一個是繼母張氏的。

因為林悠悠那狠狠一腳，慣力使然，陳德中的腳也往旁邊踩上了張氏的腳。

這湊巧得真是讓人歡喜，林悠悠瞬間覺得心情很好，胃口也跟著好了起來，在其餘人驚呼不已查看情況的時候，她一口一口吃得開心。

「夫君、娘親，你們怎麼了？」

「麗娘，怎麼了？」

林柔柔和林父當即緊張不已地圍著張氏和陳德中，好一幅感人的畫面。

陳德中自然不敢說是因為自己去撩撥妻姊不成，反被踹了一腳，還連累岳母這樣不知廉恥的話，也只能咬牙說道：「剛才腳抽筋了一下，不承想還傷了岳母大人。」

張氏素來最是賢慧，加上陳德中可是她好不容易才為女兒謀算而來的好女婿，怎麼會捨得怪罪。不僅沒怪罪，反而關心對方的腳是否有礙。

陳德中到底還有一點點廉恥之心，心虛地說了無事，還給張氏好生賠罪一番。

一家四口倒是其樂融融，好不容易相互安慰一番，準備繼續吃飯的時候，林悠悠吃飽了。

她心中存著事情，而且也沒興趣摻和這家，就準備告辭了。

「爹、娘，我吃飽了，家裡還有事情，就先告辭了。」

林父還沒說話呢，陳德中當即就轉過了目光，看向林悠悠，目光裡面有著怒氣、怨氣和情意。

林悠悠看了覺得反胃，想著還是早走為妙，否則待會兒吃進去的東西都得吐出來。

「本來想要多留妳坐一會兒的。既然家中有事，那妳就早些回去吧。」林父說完，又轉頭對張氏說道：「麗娘，將昨日買的核桃酥包一份讓悠悠帶回去。」

「好的。」

張氏當即含笑應下，十足一個溫柔體貼的繼母。沒一會兒，張氏就拿了一包糕點遞給林悠悠。

林悠悠接過，道了謝，就離開了林家。

即使沒轉頭，她也能感覺到陳德中的視線還在自己身上。

林悠悠今天吃得挺飽的，就慢慢在街道上走著，一邊消食，一邊慢慢看看古代的街道、攤子店鋪。

青河鎮頗為熱鬧，即使今日不是逢集，街道上的人也不少。東街這邊主要是鋪子、飯館、首飾樓、布坊、雜貨鋪、糧油鋪等等，種類也很齊全。

林悠悠還看到了最近讓劉家咬牙切齒的吉祥飯館，忍不住多看了兩眼，見一個白胖的中年男子正在門口招攬客人。那男子面上笑咪咪的，看著是個好脾氣的樣子。

如今正是飯點，吉祥飯館的生意還挺好的，不少人進進出出的。相比於剛才路過的其他飯館，吉祥飯館的生意稱得上紅火了。

林悠悠略微看了幾眼就走開了。

她轉去了西街，這裡則是擺了很多攤子賣各種東西，什麼糖畫、泥人、風箏……各種各樣的小物件。

林悠悠頗為感興趣地近前去看，倒是做得很精緻，不過想想自己目前的處境，還是打住了。如今吃飯都成問題了，哪裡還有閒錢陶冶情操？

逛完了西街，林悠悠又轉去南門的菜市場看看。

北邊是鎮上的一家書院，男主角劉彥就在這家青松書院讀書。

一到南門這邊，就可以聽到嘈雜的聲音，吆喝聲、叫賣聲、砍價聲、雞鴨鵝的叫聲，反正就是一個熱鬧。

這邊大多都是菜販子在賣菜，菜販子收了菜在這邊賣，賺個差價。

林悠悠還看到兩、三家肉攤，忍不住多看了幾眼。那肉看顏色就知道極新鮮，肉質緊實，紋理清晰；那塊肥瘦皆宜的五花肉買來做個紅燒肉最合適了，還有那個豬腳，拿來做紅燜豬腳也合適……

哎，不能想。林悠悠繼續逛了逛，出了菜市場，看到旁邊一條小巷子，那裡都是一些擺在地上賣的青菜雞蛋魚蝦的，應該是農人自己來賣了。

四處轉了轉，大概摸清了鎮上的路線，林悠悠就出了鎮子。

想要在這路上開茶寮，林悠悠就特意走得慢些，慢慢考察，看在哪個位置合適。

最後，林悠悠發現還是在梨花村村口的位置最為合適。這裡是官道的必經之路，又是梨花村出口，恰好有一塊平地，在這裡搭個簡單的草棚，就能將生意做起來，倒是簡單方便得很。

不過這塊地應該是屬於梨花村的，還是要先問問村長。

林悠悠圍著這塊地看了看。地是夠大夠平坦，但水源也得看看，若是附近沒有水源，得從家裡挑水，那就麻煩了。

她往旁邊看了看，倒是有一條小河經過，但河水洗洗東西還好，做吃的倒是不夠乾淨。

林悠悠又仔細找了找，後面距離十幾公尺的地方，再往上走一些，能夠看到一個山泉，她頓時一喜。到時候將這泉水引下來，再合適不過了。

林悠悠只覺得地利有了，接著再說服劉家人就可以了。
只是她在劉家的形象可不太好，具體怎麼說，還得斟酌一二。

第三章

「我一個手帕交的家裡，在縣城裡也很有名望的，說是家財萬貫都不為過。她家老爺子很看好在官道上開個小飯館，連地方都看好了。老爺子說那裡不管是開個茶寮還是小飯館，都能賺錢。誰知道正要著手做的時候，他家老太爺過世了，這事情就耽擱了。

「他們那樣的大家族，老太爺過世了，老爺子是要在家裡守孝三年的，在官道上開飯館的生意，就得耽擱三年了。而且三年後，誰知道會發生什麼事情呢？因為這事，那家老爺子一直很是可惜來著。」

林悠悠回劉家找了鄭氏，像往常一般的口氣，炫耀了一番自己娘家多殷實，林父又給自己塞了好吃的。在鄭氏不豫的神色中，這才不經意說了上面一番話。說完也不多留，抱著核桃酥走了。

而鄭氏則是坐在那裡，若有所思的樣子。

她眸光動了動。開茶寮也不費什麼成本，就搭個草棚子，準備些茶水，也許可行？反正劉家如今真的是沒有出路了，還不如試一試。

鄭氏當即就找了劉老漢來，如此一說。

劉老漢見識更多些，畢竟跟吉祥飯館做了好幾年生意，更敏銳一些，也更謹慎一些。

當日夜裡，劉老漢翻來覆去的。第二天吃過早飯，他帶著兩個窩窩頭就出門，到了晚上才回來，回來的時候一雙眼睛炯炯有神，原先失去的那些精氣神似乎一下子又回來了。

他吃了鄭氏留的飯菜，就拉著鄭氏回房說話去了。

「老婆子，我今天去那條官道看了，在那裡守了一天。經過那條官道的商旅車馬是真多，要是願意停下來喝口水吃點東西，那生意肯定得好。我今日也順著那條官道上往兩頭都走了，發現前後那些人基本落腳的地方都離得遠。只要味道尚可，想來那些人是願意停下來喝口水，休整一下的。」

劉老漢說得眉飛色舞的。本來嘛，有個縣城裡有錢的老爺都看中了那裡，原本就信了六、七成，再加上自己今日親自去看了，更是有了八、九成把握。

這個可真的是難得機會，好不容易才砸在自己面前，要是抓不住，那劉家真的就窮一輩子了。

鄭氏聽了也開心。「那我們就開始準備著吧！」

劉老漢點了點頭，是要早些準備起來。他想了想，面色又變得鄭重起來，道：「老四家的既然和那家女兒交好，知道的聽到的也許更多些，還是再問問老四家的。畢竟我們沒自己做過買賣，多問些比較好。」

「我省得的，我這就過去問問。」

鄭氏想著，雖然老四家的平日潑辣跋扈了一些，但心地總不會太壞的。如今劉家這般困難，自己親自去問了，總是願意說的。

鄭氏起身出了房門，就一路往林悠悠的房間而去，頓時引起了其他三房的側目。

於是，大家都悄摸摸地躲在自家房間的窗戶邊，暗暗關注著。

鄭氏敲了門，林悠悠開了門，讓鄭氏進了房間。

鄭氏下意識地四下看了看，眸中快速閃過一抹異色。這個房間看著竟然乾淨整潔了很多。

原先鄭氏也在外面看過一回，衣服亂堆亂放，地上桌上都是吃完的點心包紙，反正很是雜亂。

當時鄭氏還難過了好久，想著她那麼好的老四卻要配這樣一個女子，真是想想都覺得心裡難受得不行。

而如今，房間裡面卻是整潔得很，床上的被子摺得四四方方，桌子上也乾乾淨淨的，四處也沒看到亂放的衣服，應該都被收在衣櫃了。

鄭氏心下就熨貼了幾分，面上露了笑。她就盼著老四媳婦能夠想通，好好跟老四過日子。

林悠悠想著記憶裡面原身的樣子，對鄭氏一直都是眼睛不是眼睛、鼻子不是鼻子的，不好太過親熱，就沒主動打招呼。她心裡大概猜到鄭氏的來意，就等著鄭氏自己說話了。

鄭氏也早就習慣了原身不冷不熱的態度，自己找了凳子坐，說道：「悠悠啊，妳昨天說的妳那個好友父親打算在官道上開個飯館的事情，我跟妳爹說了。妳也知道，我們劉家如今正是艱難的時候，好不容易有了這個機會，就想抓住。當然，要是三年後妳那朋友的父親想做這生意，我們肯定不會與其相爭的。妳看如何？」

鄭氏說完，就去看林悠悠的面色。

林悠悠倒是詫異了一下。這劉家人還真是實誠，還想著三年後結束，將生意還給人家。對此，她對劉家人的好感又添了一些。

她先是詫異地眨了眨眼睛，然後就絞了絞自己的手指，彆扭道：「你們還真覺得可行啊？我那手帕交跟我說，也是打量著他們家真做不成這生意了，讓我們家來做呢。我原本以為你們不願意呢，倒是沒想到竟然肯的。」

鄭氏聽了自是大喜。「這可真是好了。」

「既然這樣，那你們就做吧。我先說，我可是什麼都不知道，只能將她給我說的話，能記住多少就跟你們說多少了。她如今在服喪，再有別的問題，我是不會幫你們問的。」

「這就已經極好了。」鄭氏忙點頭。

可總算是引入正題了，林悠悠也鬆了一口氣，就將心裡的構想說了一些，還說明日一起去官道上看看，給劉家人指出選好的那塊地。

鄭氏得到了想要的答案，這就開心地退出了房間，臨走之前還笑咪咪地讓林悠悠早點睡。

第二天，林悠悠帶著劉家人到了自己屬意的那塊地。劉老漢看了，也肯定地點頭。這地方確實好。

「離水源也近，到時候就是費些力氣，從旁邊的河裡擔水就是……那在這個地方搭個草棚子，再壘個灶臺，就能充作臨時廚房了……這裡再搭個草棚子，供客人歇腳之用。」

劉老漢帶著三個兒子四處看著，不時說幾句話。

「那半山坡上就有個山泉，若是把水引下來豈不是便宜？而且那山泉水甘甜，豈不更美？」林悠悠指著平地側邊的半山坡說道。

劉老漢當即看過去。他在梨花村生活了幾十年，哪裡沒去過，林悠悠伸手一指，他就知道是哪裡了。

那裡確實有一汪山泉，且泉水帶點甜味，若是用來泡茶做吃食，確實不錯。

「那泉水確實不錯，但是要從上面擔水，太過麻煩了。」

而且那路沒什麼人走，很是崎嶇，再擔著水更是不好走，若是剛好遇到天氣不好，更是泥濘難行。劉老漢搖了搖頭，覺得很是可惜。

林悠悠卻是不經意說道：「若是砍幾根空心竹，從山泉那邊將水一直引下來就好了。」

似是說者無心，聽者有意。劉老漢當即雙眼一亮，當即就帶著三個兒子爬上山坡，在山泉處轉來轉去又沿路下來，越發覺得可行。

「厲害，實在是厲害啊！」

「爹，那我們現在就開始將草棚子蓋起來吧？」

劉家三郎就是個急性子，當即恨不得立刻將草棚子蓋好，好開始賺錢了。

劉老漢卻是伸手壓了壓。「先去買點肉，打點酒，我去村長家坐坐。這塊地是屬於村裡的，還是要和村長打個招呼。」

劉老漢當即就去鎮上割了肉、打了酒，然後去了村長家。

村長年近古稀，頭髮花白，人很是和氣，在村子裡最是德高望重，大家都信服他，得知劉家要在那塊空地上開茶寮，略微一思索，就同意了。

那塊地靠近官道，離村子老遠，本來也沒什麼人會在那裡蓋房子。而且村子裡素來有默契，荒地是誰開出來，就是誰種的，滿五年之後就能立契，倒是問題不大。

這塊地過了村長這邊的明路，以後就能少很多紛爭。這事情定下，劉老漢當即回了家裡，召集了全家人一起商討。

「我們不僅賣茶水，還要賣些吃食。我昨日去看，有些隊伍累了就靠邊上歇息，拿出來吃的乾糧就是窩窩頭或者乾餅子，這些我們也都會做的。家裡的雞蛋用白水煮了，帶在路上當乾糧吃，也是可以的。

「凡事還是得多想幾條路，才更好走。到時候，家裡的女人們就由老婆子妳領著在官道上賣茶水做吃食，再加上三郎，得有個男人在才穩妥，而且三郎也機靈。我就帶著大郎和二郎繼續去鎮上賣雞蛋和青菜，下個月就要插秧了，這些事情得趕緊做完，不然到時候人手就不夠了。」

這樣安排很是合適，大家都是沒意見的。

既然事情已經安排好了，大家當即開始分工合作起來。

劉老漢帶著三個兒子去搭草棚子，引水下來。鄭氏則是帶著四個兒媳婦坐在前院裡，商量著到時候泡什麼茶水，做什麼吃食。

「家裡只有一斤茶葉，是山上摘的野茶，就先拿那個來泡茶吧，也能用一段時間了。」

「娘，我們煮大麥茶吧，那個好喝，還解渴消食，也容易做。」

鄭氏正要起身去將那茶葉找出來，就聽到林悠悠如此說。

大麥茶？這從來沒聽說過，但劉家第一次做茶寮生意，啥都不懂，本就心驚膽戰的，聽到有人提建議，自然都是聽著的。

而且這是老四媳婦說的，可能也是那縣城裡有錢老爺琢磨出來的。

「我也說不清楚，但是我會做。我做出來，大家嘗嘗看，覺得好喝，就賣大麥茶，不好喝再做其他就是。」

林悠悠就要了些大麥，然後生了小火將大麥放在鍋中翻炒，待炒至表皮焦黃，加入清水，煮沸後裝起。

在林悠悠炒製大麥茶的時候，鄭氏就帶著三個兒媳婦站在旁邊圍觀，只覺得一股濃濃的麥香充滿了整個房間，味道聞著就舒服，像是豐收味。

「好了，大家嘗嘗吧。」林悠悠一邊說著，一邊自己拿了個碗先倒了些，趕忙喝了一口。是記憶中那個味道，濃濃的麥香，口齒留甘。

鄭氏幾人也不含糊，當即也各自拿碗倒了一些，嘗了下，確實不錯，好喝得緊。不過她們描述不來，總之就是好喝，比自家那茶葉泡得好喝。

「嗯，就賣大麥茶。這個在其他地方還沒見過呢，定然吸引人。」

因此，鄭氏倒是多了幾分信心，這別家都沒有呢！

茶水定好了，接著就是乾糧，以及一些簡單的吃食了。

有了大麥茶的經驗，鄭氏下意識就看向了林悠悠，她便把自己昨日想好的吃食都給說了。

「就賣大麥茶和饅頭花卷。」

劉家如今正是困境，做太複雜的，資金要多，劉家負擔不起。先賣著，賺了銀錢，劉家鬆快了一些之後，再圖其他的。

林悠悠想著以後還能賣燒餅，那個耐放，涼了也好吃，適合當作乾糧。也能做雞蛋餅、小籠包等等。

大麥茶剛才已經看過了，這個好做，成本也低。饅頭家裡也常做，也沒問題，就是花卷是個什麼東西？怎麼突然覺得眼前的四弟妹厲害起來了，鎮上出生的姑娘，就是厲害一些嗎？

說的還不如做，家裡麵粉還剩一些，鄭氏拿了出來，林悠悠再去後院裡掐了一些蔥，回來開始做花卷了。

花卷也簡單，揉麵發酵然後撒上蔥花，再捲得好看一些，上鍋一蒸就成了。幾人一嘗，味道確實比饅頭好。

接著就是價格了。鄭氏幾人都沒經驗，不知道如何是好。

「娘去鎮上看看別人都賣多少錢，我們也參照著就好了。」

這個問題簡單，但是鄭氏和幾個兒媳婦卻是作難得很。「問了那不就得買了……」

最後，林悠悠自己出馬去問了價格。

鎮上的包子鋪，饅頭一文錢兩個，素包子一文錢一個，肉包子兩文錢一個。

參照這個，林悠悠給饅頭定價一文錢兩個，花卷兩文錢三個。大麥茶呢，則是一文錢一壺。一壺能倒出五、六碗，可以說是非常友好親民的價格了。

這樣的定價，鄭氏在心裡算了下，扣去成本能有一半的賺頭，可以做。

主要的東西都定下來，接下來就是材料採買了。

大麥自家就有，小蔥也有，需要買的就是麵粉了。鄭氏思慮再三，最後去鎮上買了五斤麵粉。

對此，林悠悠倒是能接受。畢竟劉家如今情況擺在那裡，確實沒有太多銀錢，謹慎一些是可以理解的。

劉老漢那邊的進展也很順利，請了村裡相熟交好的幾個人，加上父子四人，花了三天就搭好了兩個草棚子，也用空心的竹子將山上的泉水引了下來。這樣取水就極為方便，不用靠人力去擔。

劉老漢聽了鄭氏說的，只是賣大麥茶和饅頭花卷，那做個簡易的灶臺就可以了。反正這裡是村口，離家裡也就兩盞茶的功夫，饅頭花卷到時候直接在家裡蒸好拿過來。大麥茶先用泥巴壘個四方臺，在臺子上放個現成的大陶罐就可以燒水了，方便得很。

一切都準備好了，開茶寮而已，該有的也都有了，就是簡陋一些，但樣子總算是立起來了，再做個迎風招展的迎客幡子就更像樣了。

而茶寮的名字，林悠悠也幫著取好了。鄭氏過來詢問的時候，她不經意地透給對方。鄭氏回去就告訴了劉老漢。

「劉家小食。」劉老漢跟著重複了一遍，一雙眼睛慢慢亮了。「這名字不錯，很是不錯。初聽的時候覺得簡單好記，讓人知道是我們劉家做的吃食。越是回味，越是覺得合適。簡單好記，也不會太過浮誇。」

劉老漢很是滿意，連帶著看林悠悠都滿意了幾分。

「老四家的媳婦不錯。平常雖然愛鬧性子，但重要時刻還是能看出不同來。果然鎮上出來的姑娘，就是更有見識一些。」

鄭氏也點頭，覺得林悠悠還可以，心裡的厭惡也少了很多。

「嗯，再觀察觀察。只要她好好跟老四過日子，才真的能對她放心。」

茶寮的名字取好了，那就要做幡子了。

對這事，劉家人倒是為難起來。做幡子的布，家裡倒是剛好有一塊紅色棉布，但具體要怎麼做，還有些一籌莫展。

劉老漢特地又去鎮上走了一圈，看了其他食肆的幡子都是怎麼做的。他發現其他家的幡子上面都會畫一些圖案，很是貼切，讓不識字的也能知道那賣的是什麼。就像賣酒的，上面就畫了一個酒罈子；賣麵的，上面就畫了一碗麵。小飯館則是畫了碗碟，碗裡有飯，碟裡有菜。

劉老漢看完就回去了，又將全家召集起來。

劉老漢非常開明，每次遇到解決不了的問題，就讓全家一起商討，說不定誰就有法子了。只要法子是好的，不管提出來的是誰，都會採納。所以，雖然大家對林悠悠的印象不好，但是她提出來的建議不錯，也會採納。

一家人坐在一起，劉三郎想了想，摸了摸腦袋，笑道：「爹，要不然我們在幡子上畫個饅頭和花卷吧？還有茶葉畫一下，但是要怎麼呈現出我們賣的是大麥茶呢？」

這還真是讓人為難了。

「就算知道怎麼畫，我們誰會畫？」

「對啊，寫字還能找四郎，這畫畫可怎麼辦？」

鄭氏就看向林悠悠，覺得這個老四媳婦說不定能有什麼主意。

「拿張紙，拿枝炭筆來，我畫一個大家看下怎麼樣？」

坐在那裡百無聊賴的林悠悠接收到鄭氏的眼神，一個沒忍住就開口了。

算了，早點開張，早點賺錢，她早點實現美食自由，能夠有錢買肉。

林悠悠這樣一說，鄭氏就讓三兒媳苗氏去拿紙和炭塊了。

苗氏有點不情願，也不高興。她可是最得寵的兒媳婦，如今卻要給林悠悠跑腿，憑什麼，憑林悠悠不要臉，能鬧騰嗎？而且她才不信林悠悠能畫出什麼東西來。

至於前面林悠悠做出了大麥茶和花卷，那是湊巧罷了，可能是哪裡偷學來的。反正她就是打心眼裡討厭林悠悠。

不過鄭氏素來積威，苗氏還是去拿了。

紙是發黃發皺的，一面還有字，應該是家裡唯一的讀書人劉彥用過的。

林悠悠順便看了一眼。字跡端莊持重，風骨自成，很是好看。

看著字，她似乎看見了一個端方內斂的君子。

略微恍了一下神，林悠悠就用手上的炭塊動手畫了起來。先是畫了一碗茶，一個碗裡面裝滿了水，水底是一粒一粒的大麥；又畫了一個饅頭、一個花卷，都很像。然後龍飛鳳舞地寫上「劉家小食」四個字。

待要放下炭塊，想了想，她又在旁邊畫了一個憨態可掬、戴著廚師帽的白胖團子。
瞬間，畫面就出來了。
林悠悠自己畫完很滿意，劉家人則是呆了。

第四章

一切準備就緒，只待明日就可以開工了。

這一夜，劉家人都沒睡好，既是緊張又是擔憂的。

待到次日，天還沒亮，劉老漢就坐起了身子。

鄭氏睡得淺，被這動靜一驚，也醒了過來。她往外頭一瞧，天還沒亮呢！

「老頭子，這般早？」

「不早了，還得有很多東西需要準備呢。早點弄好，早點開張，說不定有趕早的客人呢！」

鄭氏也覺得有道理，跟著起身了。

劉老漢穿好衣裳，簡單洗漱了一下，就站到了院子裡面，對著幾個關著的房門喊道：「大郎、二郎、三郎！」

聲音才落下，就聽到裡面傳來哐噹哐噹的聲音，顯然是被嚇到，猛然起身造成的。

沒一會兒，劉家的三個兒子就衝了出來，衣裳還有些亂。他們不約而同地抬頭看了看天色，好像還能看見星星……

劉三郎一邊打著呵欠，一邊小聲嘟囔道：「爹，這也太早了吧？」

劉老漢當即眼睛就是一瞪，怒道：「早什麼早？不早早準備起來，還像你們一樣，曬到屁股了再慢悠悠起來，然後再趕去做午飯嗎？」

劉三郎看老頭子要生氣了，忙討饒。「爹，我就隨便說說，您老人家別生氣呀。快，我們快準備起來吧，待會兒時間又耽誤了。」

劉老漢這才沒有繼續生氣，而是有條不紊地安排起來。

「大郎、二郎，你們兩個將桌椅板凳搬過去擺好。三郎，你負責將柴火和陶罐帶過去，先燒一陶罐的熱水備著。」

幾個人也就不再耽擱，當即一個個動了起來。

屋裡頭，三個兒媳婦聽到外面的動靜，也不敢耽擱，紛紛起身，趕到廚房的時候，果然看到鄭氏在洗漱了。

大嫂陳氏脖子一縮，有些後怕。還好起來了，不然待會兒讓婆母親自去門口喊，那可就有好果子吃了。

鄭氏看到三個兒媳婦起來了，就將三人挨個兒看了一遍，敲打道：「做人兒媳婦的可不能懶，家裡大老爺們都起來幹活了，做人婆娘的還懶著躺在床上，這像什麼話？反正這樣的兒媳婦，我們劉家是不敢要的。」

苗氏聽了心裡就不舒服。昨天沒睡好，今天又起得早，心裡頭本就有火，這一下子就燒起來了。

「娘，那四弟妹呢？」

憑什麼都是做人兒媳婦的，怎麼林悠悠就那麼舒服，想怎麼樣就怎麼樣？憑她會撒潑，憑她不要臉嗎？

苗氏說完，就看著鄭氏。鄭氏卻是笑了。「妳回頭看看。」

回頭看看？看什麼？看林悠悠就是和別的兒媳婦不一樣嗎？

苗氏就轉頭去看，愣住了。

她看到林悠悠此刻竟然端著水盆，穿得整整齊齊，笑盈盈地站在她身後。

說人壞話，正好讓人給聽到了，苗氏面皮子有點掛不住，臉紅了，頓時吶吶不敢言，往旁邊退了退，老實了。

苗氏原本是鄭氏最喜歡的兒媳婦，她嘴甜且會生，進門八年，生了三個兒子，自然是最得鄭氏的心意的。陳氏是長媳，進門十幾年，生了一兒一女，鄭氏待她普普通通。至於二媳李氏，進門十幾年就生了三個丫頭片子，平日裡只敢默默埋頭做事，說話細聲細氣，不敢大聲。不然沒事鄭氏都看她不順眼，再不安生，鄭氏能扒了她的皮。

今日可是有正事要幹，鄭氏才懶得料理苗氏。

她看向林悠悠，如今越看這個小兒媳婦，越是滿意。人長得標緻水靈，關鍵是還能幹，至於以前？大概是因為沒想通，才做出那些事情來。

算了，以前的事情就不去多想了，認真看以後吧，只要能好好跟四郎過日子，她就算是放心了。

林悠悠一聽到動靜就趕緊起來了。想著今日第一天開張，她還是跟著去吧，不然真擔心劉家人出什麼岔子。那麼多步都幫著出謀劃策了，這關鍵一步，自然還是跟著。

林悠悠端了水來，先將灶臺給擦洗了一遍，然後就讓鄭氏拿麵粉，準備揉麵做饅頭和花卷了。

饅頭花卷大麥茶前面都做過了，雖然大家手藝可能不如林悠悠，但是步驟總是都記著的。鄭氏一看開始幹活了，立刻分配起工作，頓時和麵的和麵，摘蔥洗蔥的，炒製大麥的，準備碗筷的……一切都有條不紊地進行著。

陳氏家的大娃虎子和劉彥同年，被送到鎮上跟一個泥瓦匠學手藝，大丫今年十三了，和外婆學了一手繡活，被鎮上的繡坊看中，在繡坊裡幹活，一個月有三百文，包吃包住，很是不錯；逢年過節，東家還會備一點禮物，有的時候是一籃子水果、一斤肉，或者是家裡做的點心什麼的。一個月休息兩天，所以到月末，大丫才會回來。

李氏的三個女兒，分別是二丫、三丫、四丫。二丫十二歲，三丫十歲，四丫八歲，也都能幫家裡幹活了，也是這三個丫頭承擔了家裡的各種活兒。她們要負責打豬草，餵豬餵雞，打掃院子，打理菜園子，洗全家的衣服，上山撿柴火、摘野菜。再有空的時候就搓草鞋賣，反正三個丫頭就沒閒下來的時候。

這個時候，二房的三個姑娘也醒了，正怯生生站在廚房外面。

李氏看到，忙過去低聲囑咐幾聲，免得被婆母看到發火。

苗氏的三個兒子分別是七歲的二娃金牛，五歲的三娃銀牛和三歲的四娃鐵牛。這三個孫子很得鄭氏寵愛，平日啥也不用幹，就負責吃喝玩樂，此刻都在床上睡覺呢。

苗氏心裡記著，待會兒走之前得交代二房的三個丫頭片子，照顧好三個兒子，別讓他們餓著。

花了半個時辰，第一籠饅頭和花卷就蒸好了。鄭氏就讓大家準備過去，可以開始做生意了。

等劉家人將茶寮打理好，桌椅擺好，幡子掛上，熱騰騰的花卷饅頭用前兩日洗乾淨曬好的棉被蓋著，茶壺裡的大麥茶也散發著濃濃的麥香。

春日裡，天亮得早。清晨的官道上有風，微冷。

鄭氏有些擔心，但不敢同劉老漢說。她知道劉老漢的脾氣，最不喜歡人家說喪氣話，這個時候自己若說些擔心話，怕是老頭子能劈頭蓋臉給自己一頓罵。瞧老頭子早上的架勢，將三個兒子罵得跟孫子一樣；可也不好和兒媳婦說，免得影響自己的威信。

最後，鄭氏還是覺得和林悠悠說比較有用。

她走到林悠悠身邊，小聲道：「四郎媳婦，妳看能有人過來買吃的嗎？」

天挺冷的，林悠悠其實不太想說話，她還沒吃早飯呢。

「老話雖然說酒香不怕巷子深，我們這做得好吃也是不怕的，但沒人吃過，別人也不知道我們這好吃不好吃，就怕有的人看到了，也就直接過去了。」

很應景的，林悠悠的話一落下，就看到兩個騎馬的人兩下就從茶寮這邊跑過了。

劉家人傻眼了，看著距離他們不遠處的地上揚起的塵土，證明剛才真的有人經過。

劉老漢眉頭狠狠擰著。剛才大家都緊張，沒說話，挺安靜的，所以都聽見了林悠悠的話，頓時都覺得她厲害，這會兒都看向她，等著她出謀劃策呢。

鄭氏更是抓著林悠悠的袖子，小聲道：「四郎媳婦，這樣關鍵的時刻，妳有什麼法子可得說出來啊。得救救我們劉家，這茶寮生意要是再不成，那我們劉家就沒活路了！」

林悠悠其實就想找個理由吃個花卷，沒想到還給自己說中了。

但面上還是要端著的。「我們得讓人家聞得到香味，這樣不就有人停下來了？先把生意開張，後面的就好做了。都說萬事起頭難，就是這個理了。」

「可怎麼讓人家聞得到香味呀？」

「我們輪流吃，既當了早飯，也能將味道傳出去，一舉兩得。」

大家這才反應過來，都沒吃早飯呢，一大早光忙著，都忘記做點早飯了。

讓大家吃饅頭花卷當早飯，鄭氏捨不得，劉老漢也捨不得。可劉老漢到底是一家之主，目光長遠一些。

他看著林悠悠道：「四郎媳婦，妳先吃個花卷，再來碗大麥茶吧。」

讓別人吃，估計三兩口就給吞了，味道還沒散出去，就已經進了肚子。怎麼看，只有四郎媳婦應該能吃得慢些。

「好的，爹。」

林悠悠笑咪咪應了，就去拿了個花卷，倒了一碗大麥茶，然後找了一張靠路邊的桌子坐下。

哎呀，可算是吃上了。

林悠悠先喝了一口大麥茶，頓時濃濃的麥香在嘴巴裡面化開，然後暖暖地落入胃裡。頓時，她覺得舒服了，又吃了一口花卷，也是香得很。

劉家的人都沒吃早飯呢，這下看著林悠悠吃，也覺得餓了。

尤其是苗氏，本來就和林悠悠不對付，這下看到林悠悠吃獨食，眼珠子都差點紅了。

不過，好歹知道現在不是挑事的時候，畢竟是劉老漢發的話。

林悠悠吃了一半花卷的時候，官道上再次傳來了馬蹄聲。

劉家人頓時精神一振，紛紛往聲音方向看過去。

林悠悠也跟著看過去，就看到一個藍色衣裳的男子騎著馬快速經過了這裡。

是的，又快速經過了這裡。

劉家人頓時慌了，這也不管用啊！

而苗氏則是找到機會就諷刺道：「我說四弟妹，還什麼需要香味傳出去才會吸引客人來？我看啊，就是妳自己饞了想吃吧！」

苗氏話語才落下呢，馬蹄聲又響了起來，原來是剛才那個藍衫男子又掉轉回頭了，很快到了近前。

他並未下馬，而是高坐在馬上，問道：「這裡可是有賣吃的？」

苗氏頓時覺得被人甩了一巴掌一般。

劉老漢一個激靈，忙走到近前。「正是，我們茶寮有賣饅頭花卷和大麥茶，客官可是要來點？」

「花卷是何物？還有價錢多少？」

「花卷是這樣的，客官請看。饅頭……一文錢兩個，花卷兩文錢……三個，大麥茶一文錢……一壺，一壺能倒出五、六碗。」

劉老漢有點緊張，說話略微有些磕巴，不過到底是說得清楚的。

那馬上的中年男子聽了就翻身下馬，選了一張桌子坐下，然後道：「先上一壺茶，一個饅頭，一個花卷。」先嘗個味道再說。

「好嘞，客官稍等。」

劉老漢當即響亮地應了一聲。劉家人也開心不已，終於是開張了。

陳氏立刻手腳麻利地拿盤子裝了饅頭花卷，端到了桌子上。

那客人見花卷特別，伸手拿了一個，一嘗，當即眼前一亮。

這時候，劉三郎也拿著一壺大麥茶過來了，帶了一只碗。

客人自己倒了一碗，喝了口，然後又喝了一口。味道當真是特別又好喝，夠濃夠香夠味。

那客人三兩口就吃了一個花卷，又去拿了饅頭，味道也不錯，但他還是更喜歡花卷。

「加上剛才的，我就要三文錢的饅頭六個，還差五個。十文錢的花卷十五個，還差十四個。兩壺大麥茶兩文錢，一壺現喝，一壺給我裝這裡。」那人拿出了自己的水囊。

這竟然是一筆大生意，加起來十五文了，這只是今天的第一筆生意呢！

劉家人頓時覺得幹勁十足，將對方的水囊給裝上一壺大麥茶，水囊還差些才滿，劉老漢作主裝滿，當作是送給這個客人的。饅頭和花卷也給端上桌子，兩個盤子都裝滿了。

劉老漢跟著過去。「一壺大麥茶沒裝滿，小老兒給添了些裝滿了，感謝客人今日的光顧。」

那客人聽了這話，頗為高興。「好說。主要是你們這食物做得好，味道不錯，而且新鮮。這花卷和大麥茶，我以前還未見過。下次若還路過這裡，肯定還會來光顧的。」

那客人胃口極好，又吃了兩個饅頭、五個花卷，大麥茶全喝完了，劉老漢還給添了兩碗，才心滿意足地起來結帳。

「那敢情好。」

劉老漢將那賺來的十五個銅板來回數了下，眉開眼笑，可見心情極好。

而這個時候，林悠悠也吃完了早飯。肚子飽了，心情也跟著好了；心情好了，看誰都順眼，都覺得可愛。

然後就看到有一撥人馬疾馳過去，停都沒停，怪可惜的。

劉家人也是這般想的，這若是停下來吃點東西，得賺多少銅板呢！

林悠悠則是望著官道出神，似乎想到什麼，眼眸就微微一彎。

她起身，湊到鄭氏身邊。「娘，我有個主意，說出來給娘參考參考。」

難得林悠悠說話這樣中聽，鄭氏受寵若驚，忙側過腦袋去聽。聽完後，道：「我去和妳爹說說看。」

鄭氏過去找了劉老漢，照著林悠悠的話一說，劉老漢當即一拍大腿。「好主意啊！」

第五章

因為這一路上都沒茶寮飯館，一般人直接掠過去了，即使看到了，再要返回來就麻煩了。在這樣的情況下，能夠停下來的客人實在太少了。

林悠悠給劉家人想了個辦法，就是製作木板，立在顯眼的位置做指引，這樣大家就不會錯過了。

劉老漢一聽，也覺得是個極好的主意，當即就讓劉大郎去做了。劉大郎小時候跟著師傅學過兩年的木工，家裡的家具都是劉大郎自己做的，偶爾會接一些村子裡的木工活來做。

「四郎媳婦，妳大哥蠢笨，妳就跟著去指點他一下吧，免得這榆木疙瘩耽誤事情，怕是給他一年都做不出來。」

聽聽這話，林悠悠忍不住轉頭，目光忍不住帶了幾分同情，卻恰好對上劉大郎歡喜的目光。

好吧……林悠悠就先跟著劉大郎回去了。

鄭氏看了看天色，以及暫時沈寂下來的官道，就叫了李氏讓她跟自己回去做早飯。家裡的三個孫子，也還餓著呢。

一個時辰後，劉大郎就帶著做好的三個木板回來了。劉老漢一看，非常滿意，比想像的還要好。

只見木板很寬大，上面不知道用什麼塗的，底色是紅色，畫了一個鮮活的胖廚師，旁邊自然也是畫了饅頭花卷大麥茶以及「劉家小食」四個字。最後再畫了個往前的箭頭，很是一目瞭然。

這個木板很是惹眼，而且還連續三塊，就不信還能有人沒看到。

在林悠悠不在的這一個時辰裡，經過的人馬有二、三十撥，停下來的只有一撥。

不過這撥是個七、八人的商隊，饅頭花卷大麥茶都點了，最後更是打包帶走了好些，直接把茶寮裡做好的都包了。

就這一下子賣了有八十文錢，可把劉老漢給高興壞了。

木板已經做好，自然是刻不容緩，劉老漢親自帶著劉大郎看好了地方後，就把三塊木板給釘好，然後就回去等著了。

約莫半盞茶功夫，便聽到有馬蹄聲傳來了，然後是一隊十幾人的商隊停了下來。

為首的人勒住馬，往茶寮一看。「劉家小食，看來就是這家了，且停下來嘗嘗吧！趕了一夜的路，都修整一下吧！」

後面的人也就跟著停了下來，目光看向劉家人。

劉家人不明所以，還是林悠悠看出了苗頭，忙到劉老漢身邊道：「爹，應該是要幫他們安頓一下馬匹，在旁邊的樹上拴上，再給馬餵點水和草料。」

劉老漢眉頭頓時擰成一個疙瘩。這拴馬還好說，旁邊都是樹；餵水也好說，茶寮現成的就有水，用不完的，就是還要餵草料……也不知道馬都吃什麼草呀？他們這樣的莊戶人家哪裡見過馬，更別說餵馬了。也不能亂餵，這萬一餵出問題來也賠不起啊！

林悠悠目光四處打量一番，然後指著對面河邊的一片小樹林道：「爹，就那裡吧，往河邊的樹上一拴，馬自己就能在河邊喝水。而且河邊都是嫩嫩的野草，馬也可以吃的，只要留一個人在那裡看著就好。」

劉老漢順著林悠悠指的方向一看，那裡確實不錯，就指派了幹活最穩妥的老二去了。

劉二郎帶著眾人將馬拴好，留在那裡看著，其餘人則是返回茶寮，各自找了桌子坐下。十幾個人，直接將茶寮坐得滿滿當當的。

劉老漢看到這麼多人，眉開眼笑地招呼張羅起來，讓鄭氏帶著幾個兒媳婦準備大麥茶和饅頭花卷，劉三郎和劉大郎則是負責招待客人及端吃食。

十幾個人吃飽喝足，再打包了一些就準備走了。

劉老漢過來算帳。「總共是一百三十二文。」

立刻有人數了一百五十文。「多的是給馬的。」劉老漢當即高興地收下了，嘴裡連連說著歡迎下次再來。

目送著這批大主顧騎著馬走遠了，劉老漢臉上的笑容都還沒下去。

這可真是個賺錢的營生，果然天無絕人之路，本來以為自家這次要慘了，沒想到卻是柳暗花明，竟然迎來了轉機。

接下來又過了兩撥人，不過都很少，一個只是徒步的老人家，身上衣服好幾個補丁，就要了兩個饅頭和一碗水。還有一個也是走路的父子兩人，要了一壺大麥茶、兩個饅頭、六個花卷。

都是小生意，但蚊子再小也是肉，劉家人也是高興的。

很快又聽到很大的一陣動靜，抬頭去看，就看到很大一隊人馬，五、六輛馬車，旁邊隨從也是二、三十人，是極大的陣仗。

劉家人頓時都激動了。這要是都停下來吃，得收入多少呀？劉老漢更是在心裡算著，怕是饅頭花卷不夠。

那隊人馬當真在茶寮旁邊停了下來，一隻纖細白嫩的手掀開簾子往這邊看過來，是個滿頭珠翠的美婦人，旁邊伺候的小丫頭道：「夫人，那木板上的劉家小食就是這裡了。這般簡陋，怕是不乾淨。」

「嗯，走吧。」

美婦人話落，隊伍重新動了起來。

茶寮確實簡陋，被貴人嫌棄也能理解。劉老漢是個樂觀的人，也只難受了一會兒就恢復了平靜，後面還有很多其他客人呢。

一直到了黃昏，又等了半個時辰，確實沒有什麼客人了，劉老漢發話讓大家收拾一番，今天就忙到這裡了。

繃了一天的劉家人，得了劉老漢的話，頓時身子一鬆。累是累了點，但賺錢是真的。雖然還沒數，但是也大概能夠感覺得出來，得有個一兩左右。

林悠悠感覺自己蠢蠢欲動，蹭到鄭氏身邊。「娘，今日開門大吉，賺了銀子，我們應該做點好吃的，改善一下伙食，慶祝一番。這也是一個好兆頭呢！」

鄭氏眉頭一下子就皺了起來。聽到說要花錢，她的心裡就不得勁，這才賺了錢就要花出去，感覺還沒捂熱呢，很是捨不得。

但這是老四媳婦說的，她更為重視一些。

這樣的事情在鄭氏看來也算是大事了，需要一家之主來拿主意，就走到了劉老漢身邊。此時，劉老漢正在指揮著兒子們歸整東西，鄭氏就將林悠悠的話這般一說。劉老漢倒是看得更開一些，點頭了。「老四媳婦說得在理。今日第一天生意就很好，算是開門紅了，確實可以慶祝一下，也讓大家高興一下，明日更有奔頭。」

劉老漢應允了，事情就算是定了下來。

鄭氏就在林悠悠期待的目光中招了招手，林悠悠頓時歡快地到了近前。

鄭氏數出了五個銅板出來，林悠悠的笑容僵在臉上。五個銅板？這能慶祝？西北風慶祝嗎？

「娘？」林悠悠感覺自己的聲音就跟秋風裡的落葉一般蕭瑟。

鄭氏的臉也僵了一下，又數出了一個銅板。數完一個，抬頭看了林悠悠一眼，就低頭再數了一個，又抬頭看一眼，直到又數出七個，加上原先的五個，共十二個，就把手收回去了。

「四郎媳婦，十二文，很多了。」

在鄭氏看來真的是很多了。要知道農閒的時候，去鎮上打小工，一天也就二十文呢。而且他們劉家如今還欠著債，可不敢亂花。

好吧，有總比沒有好。

「娘，那我去鎮上看看有什麼賣的。」

鄭氏點頭，臨了還不忘叮囑。「要是有剩再拿回來。」

原本已經轉身走了的林悠悠聽到這話，腳步更快了。

有美食的誘惑在前面吊著，林悠悠的腳步很快，花了平時一半的時間就趕到了鎮上，朝著她心心念念的肉攤去了。

肉攤的老闆正在收拾攤子，準備回家了，看到林悠悠過來，頭都沒抬。「只剩下兩根大骨和一堆大腸、一塊豬心、一塊豬肺了。」反正就剩大骨和內臟了，不是沒肉，就是味道重、沒人要的。

但林悠悠一聽卻是眼前一亮。這些都是好東西啊！當然要是有肉也很好，可以做紅燒肉、粉蒸肉；排骨也好，醬排骨、醉排骨、糖醋排骨。

「這些都要了，能不能便宜點？」

「那就十五文吧。」雖然是不好賣的東西，但量多，能裝大半桶了。

「十二文吧，老闆。十二文，我就包了，你也好收攤回家。」

老闆這才抬起頭來，看到是個水靈靈的小媳婦。想著確實是沒人要的東西，而且也收攤了。「好吧，都給妳。」

林悠悠忙將銅板數給老闆，喜孜孜地讓老闆將這些東西都用繩子綁好，自己一手一串拎著回去了。

提著這麼多食材，林悠悠的心情很是美好。她已經想好了，晚上可以做一桌子美味，好好犒勞一下自己。大骨用來熬湯，然後再做點手擀麵，撒上嫩嫩綠綠的蔥花，想想都覺得好吃。

大腸呢，肯定是做紅燒肥腸了，加點辣，那個滋味可下飯了。豬肝拿來爆炒，豬心拿來做湯，也好喝的……嗯，所有的食材都安排得明明白白了。

林悠悠到了村口，挑了沒人的小路走，一路上都沒遇見人，就進了劉家的院子。

鄭氏一行人也就剛到家，抬頭看到林悠悠手上拎著這麼多東西回來，眼珠子差點瞪出來。再看一下，拎著的都是豬下水，一口氣差點沒喘上來。

就算是饞肉了，那十二文錢也能割大半斤肉啊，何至於買這麼多豬下水，難吃得很。

林悠悠也看到了鄭氏在瞪自己，於是挪步過去，拍著胸脯保證道：「娘，我做的保管好吃。」

買都買了，也不能退，更不能扔，那只能做著吃了。既然老四媳婦說做得好吃，那姑且信了吧，畢竟那花卷饅頭大麥茶確實挺好吃的。

鄭氏算是看出來了，這老四媳婦真不是個讓人省心的。原先日日鬧事，現在倒是不鬧事了，但好像好吃，瞧瞧這買回來的東西，也真敢買。還好只給了十二文，這就是給一百文，怕是老四媳婦也能花完了。

「還不去，天都要黑了，啥時候才能吃上飯？」看到林悠悠還杵在那裡，鄭氏眼睛一瞪。

林悠悠小聲道：「娘，我需要幫手。」

「讓老二媳婦帶著三個丫頭幫妳吧！」

「娘可真好。」林悠悠頓時高興地抱了抱鄭氏的胳膊。

鄭氏被唬了一跳，哪裡被人這樣親暱地抱過。「妳這孩子……」才要說話呢，林悠悠的身影已經走遠了。

鄭氏狠狠地瞪著遠去的身影，耳朵卻是悄悄地紅了，嘴裡依舊喃喃唸著。「這孩子，真是的……」

得了鄭氏的話，二嫂李氏帶著二丫三丫四丫跟著林悠悠進了廚房。

林悠悠也不客氣，為了自己也為了一大家子能夠早些吃上晚飯，她就安排了起來。清洗大腸的、剁大骨的、揉麵的、燒火的，幾個人瞬間都開始忙活了起來。

將大骨洗淨用開水洗去浮沫，剁成一塊一塊的，再從後院拔了新鮮的蘿蔔，一起放到鍋裡燉上。待會兒下麵條吃，新鮮的蔥也已經切好備著了。

比較麻煩的就是處理大腸。林悠悠和李氏提著一桶炭灰和大腸，去了村子裡面的小河邊清洗。用炭灰揉一揉、搓一搓，重複兩、三遍就清洗乾淨了，難聞的味道也沒有了。

李氏很是驚奇，沒想到這普普通通的炭灰就能將大腸洗乾淨。沒有難聞氣味的大腸，不知道味道怎麼樣，和肉一樣嗎？

李氏也跟著期待了起來，手上的動作也就越發快了。

拎著大腸回去的時候，廚房裡面已經飄出了一陣大骨濃香味了。

三房的三個兒子都饞得不行，眼巴巴地扒在廚房門口。林悠悠也想吃了，於是立刻加快速度做了手擀麵，入了大骨蘿蔔湯裡。又將大腸切塊，放入鍋中紅燒。而豬肝切碎、爆炒，豬心也已經燉下去了，加了點乾蓮子。

一陣又一陣的香味飄了出來，這下不只是小孩子了，劉家全家都忍不住往這邊靠過來。

香，可真香！

第六章

白蘿蔔大骨手擀麵，麵條有嚼勁，湯汁香濃，吃一口，這早春的身體從裡暖到外。

紅燒大腸味道也是好，竟然比肉都好吃。劉家人覺得他們這些年錯過了太多，以前每次看到肉攤上的大腸都是避開，生怕被臭味給鑽了鼻孔。現在，劉家人只恨自己不能多長一雙手來挾菜。

爆炒豬肝帶了點麻辣，那個香、爽，特別下飯。最後吃一道蓮子豬心，只覺得人生都齊活兒了。

今日還剩下一些饅頭，林悠悠提議拿出來吃了，明天再做新鮮的賣給客人，可不能一開門就砸了自己的招牌。

鄭氏很是肉痛地將那白花花的饅頭端出來了，還剩下二十幾個，這回可算是讓劉家人吃了個過癮，就算是在家裡最沒有存在感的二丫三丫四丫，每人都分得一個。

一頓飯吃完，劉家人再看林悠悠的目光都變得不一樣了。

靠著一頓美食，林悠悠在劉家的好感度大增。不過她沒有注意這些，沈浸在美食中呢！

總算是吃上好吃的了，古代的食材天然，不像現代用飼料餵養的，吃起來口感和味道簡直天差地別。加上自己的廚藝加成，這一桌的菜簡直就是美味佳餚。

林悠悠原本覺得這像是一場夢，自己有種置身事外的感覺，但在這一刻，味蕾感受到真真切切的美食的情況下，她覺得自己可以融入這個世界了。

有美食的地方，就有她！

林悠悠吃撐了，實在是捨不得放下。

吃完飯，大嫂陳氏洗了碗收拾了廚房，這邊劉老漢也抽完了菸。他將眾人招呼了過來。

「現在來算下今日的銀錢。」

這話一出，大家的呼吸都輕了。

他們今日可是看到了，進帳了好些銅板，到底有多少卻還沒數。

錢一直都是劉老漢收的，他拘了一個箱子，每次收了錢就放入箱子。這下，他將箱子拿出來往桌子上一放，頓時一陣叮叮噹噹的響聲。

劉老漢把三個兒子看了一眼。老大太蠢，老二太老實、悶不吭聲，老三倒是機靈些。

「老三，你來數。」

聽到這話，劉三郎指了指自己，不敢置信。沒想到父親竟然將這樣的重任交給自己。

苗氏也是歡喜得緊，看來公公最喜歡的還是自己相公。

劉老漢不耐煩地點了點頭。這不是沒辦法嗎？要是老四在這裡，哪裡還有這三個人什麼事情。

劉三郎當即就將箱子裡的錢小心翼翼倒出來，攤了一桌子上都是。頓時，大家的目光都挪不動了。

劉三郎嚥了嚥口水，開始數了起來。「一、二、三……七十八、七十九、八十……九百零七、九百零八。爹，總共是九百零八文。」

劉三郎這回可真的是很仔細地數了，眼睛都不捨得眨一下，大聲地報出了這個數字。

聽到這麼大聲，劉老漢唬了一跳。「叫那麼大聲幹麼，當誰是聾子呢！而且你是怕隔壁聽不到，還是怕全村聽不到啊？」

劉老漢都不忍心看這個蠢兒子。要是老四在，他得多省心。不過，結果是喜人的，一天就收入九百多文，那一個月是多少？

「老頭子，按這樣算的話，一個月得賺多少錢？」鄭氏腦袋都有些轉不動了。

林悠悠暗暗在心裡算了下，大概是二十七、八兩，這都能在鎮上買個小鋪面了。她還是挺喜歡做美食的，以後也許可以開個酒樓？美食應該與大家一起分享，獨樂樂不如眾樂樂。

劉老漢是一家之主，要有威信，更要面子，可不會說不知道，就沈了臉色，道：「才一天而已，就想一個月去了，心可不能浮躁了去。」

鄭氏頓時就不說話了。老頭子說得對，是她想太遠了。

劉家人快要飛上天的心也落了下來。是啊，不能急，得一步一步來，步子不能亂，不然還沒飛上天呢就先摔下來。

「大家今天都累了一天了，先去休息吧，明天還有得忙。」

劉老漢發話了，大家也就忙著去安置，準備歇下了。

林悠悠也回了房間。現在相當於現代的七點，她實在是睡不著，就坐在窗邊，看著外面的夜色發呆。

可看著看著，就察覺了點不對來了。

今晚的天空沒有一顆星星，黑沈沈的，看著明天像是要下雨呀。

林悠悠頓時來了精神，睜大眼睛看了看。

明天確實不像是晴天，這可真是個不好的消息。要是下雨了，茶寮的生意可就難做了。

次日，果然不是個好天，一大早就下起了濛濛細雨。

鄭氏先醒來，穿完衣服就出門準備去廚房，就發現下雨了。她倒是沒有多想，只是覺得這天氣搬運東西比較不方便，總是沒有晴天好。

倒是劉老漢隨後起來，站在門口，望著下雨的天好一會兒，眉頭輕輕擰著。天氣不好，怕是會影響茶寮的生意。至於會影響多少，還要到時候具體看了。

劉家三個兒子兒媳婦昨天起晚了，被好一頓罵，今天可是早早就起來了。

鄭氏起來的時候，三個兒媳婦已經在廚房裡忙活了起來，勤快得讓鄭氏今天沒話說，倒是面色溫和地點了點頭。

劉家的三個兒子也是在忙。劉老漢淡淡看了一眼，沒說好也沒說不好，面色一直不好看，嚇得三個兒子做事越發小心。

吃完早飯，劉家人就去了茶寮。才安頓下來，雨就下大了。天上烏雲滾滾，大雨瓢潑而下。這麼大的雨，劉家人莫名地心下發慌，林悠悠也擰著眉頭。這樣的天氣，怕是沒有人願意停下來吃東西。

劉老漢讓家裡饅頭花卷少蒸一些，怕賣不上。

果然，一個時辰過去了，只見快速過去五、六撥人馬，但沒有一個停下來的。也是，這樣的天氣，都緊著快些趕到目的地，哪裡會停在這裡吃東西？而且這茶寮不遮風不避雨的。

過了半個上午了，什麼都沒有賣出去。而且雨一直下著，偶爾小一些，但一會兒又大了起來。

「這什麼天氣，就是見不得我們劉家過好日子。」鄭氏有些惱怒。

劉老漢倒是斥了一聲。「不要胡說。」

接下來大家都安靜等著，到了午後，今日的生意也沒開張。

劉家人發愁，林悠悠也發愁。昨日吃了頓好的，她覺得自己享受過那種味蕾的盛宴，念念不忘。她已經想好今天要吃什麼了，生意卻是沒開張。這情況別說好吃的，能有個紅薯吃就不錯了。

林悠悠坐在椅子上，單手支著下巴，很是憂愁。她今天想吃肉，做個紅燒肉再來點白米飯，加個醋溜白菜就可以了，她要求很低的。

過了午後，大家都還沒吃飯，這也不是辦法。鄭氏看了看，打算找個人先回去做飯。飯總是要吃的，不然也不是個事。

鄭氏目光落在林悠悠身上。「老四媳婦。」

林悠悠沒什麼精神地抬起頭來。「娘？」

「妳回去做飯吧。」

做飯？林悠悠頓時來了精神，快步走到鄭氏身邊，伸出手來。

鄭氏疑惑。「嗯？」

「不給錢嗎？」不然拿什麼做飯？

鄭氏差點沒伸手打林悠悠。這敗家媳婦，昨天奢侈一下就夠了，今天一文錢都沒賺到，還想著要花錢吃。

到底忍不住，鄭氏捶了林悠悠的肩膀一下。「怎麼這麼不會過日子?!莊戶人家做飯吃，哪裡能整天想著花錢買？家裡啥都有現成的，做啥吃啥就是了。什麼都去買，多少家產也不夠吃呀！而且現在還能吃飽已經很好了，以前還都啃樹皮呢！」

林悠悠沒話說了，老老實實回去做飯了。

她得攢錢離開，雖然劉家人也很好，但觀念不合，沒辦法生活在一起。只是目前自是走不了，人生地不熟的，也沒有銀錢。

她穿著蓑衣回了劉家的宅子，去了廚房，想著今日要做點什麼吃的，只能就地取材了。

角落有半袋的紅薯，嗯，這個好吃，中午做點。還有雜麵，再做點窩窩頭，加點紅薯進去，帶點紅薯的甜，很是不錯的。

眼睛又瞄到了旁邊的櫃子裡放了雞蛋。雞蛋多好啊，菜園子裡面還有新鮮的韭菜，她想吃韭菜盒子，那就做點吧，到時候也讓劉家做韭菜盒子的生意，剛好把家裡的雞蛋、韭菜都銷一銷。

定了中午的吃食，林悠悠當即開始做了起來。揉麵、切地瓜、打雞蛋，動作俐落。

等劉家的人先回來一半吃飯，迎接他們的就是撲鼻香味。

怎麼又這麼香呢？鄭氏聞了聞這香味，帶了點油香，頓時心頭一抽，三步併作兩步地進了廚房。

那敗家兒媳婦怕是又做了啥了，就不該讓她回來做飯的，她總共就那麼小半罐子的豬油，得吃半年的，這才春天呢！

鄭氏一進廚房，直奔她的油罐子，果然看見油罐子只剩下個底了。鄭氏只覺得天旋地轉，眼前白茫茫一片，差點栽倒在地上。

林悠悠老早就觀察著鄭氏了，此刻一看，眼疾手快地忙把人扶住。

「娘，還好吧？」

「不好，心口痛。」鄭氏捂著自己的心口。

她是真的覺得心口痛。那麼多油啊，半斤豬肉熬出來的豬油，那得差不多十文錢呢，十文錢就這麼沒了，她能不心痛嗎？

「娘別急，吃口好吃的緩緩。」

「妳說什麼……嗚嗚……」

鄭氏正要罵人呢，這老四媳婦還說的什麼話，但隨著那一口外酥裡嫩、香味十足的韭菜盒子入口後，她就忘記自己要說的話了，腦袋裡面只剩下一個念頭：好吃，可真好吃啊！

「娘，慢慢吃，這是兒媳婦今日做的韭菜盒子，您嘗嘗，看味道如何。」

鄭氏真就一口一口吃了，沒幾口，一個韭菜盒子就吃完了。

所謂吃人的嘴軟，鄭氏本來要罵人的，這會兒倒是不好罵了，但想著該教導的還是要教導。為人媳婦就要懂得勤儉持家，否則怎麼能把日子過長久，這老四媳婦還是太小了一些，不懂。

「老四媳婦呀……」

「娘，我做這個韭菜盒子，用了您三個雞蛋。」

鄭氏覺得光教導是不夠的，還是得要教訓一下。「老四媳婦呀……」

「娘，您說這個拿去賣，會好賣嗎？」

嗯？鄭氏的話就卡住了，仔細思考了一下林悠悠說的話，再想了一下剛才的味道，那般好吃，要是價格合適，她有錢的話是願意買的。自己剛成親那會兒，和當家的去鎮上看燈會，有個賣煎餅的生意特別好，還排了隊，當時也花了兩文錢買了巴掌大的一小塊，覺得好吃得緊，但現在覺得這韭菜盒子更好吃呀！

煎餅都能賣，韭菜盒子怎麼就不能賣了？反正劉家窮得還欠債，只要能賺錢的，鄭氏都忍不住多想幾下。

這還得等當家的回來拿主意。

「先吃飯吧。」鄭氏板著臉道。

眾人就開始吃飯了，只見桌子上擺了黃色饅頭，一盆香噴噴的韭菜盒子，一盆白菜絲湯。

饅頭鬆軟好吃，不像平日那般磕牙，大家忍不住低頭看了看，確實是用雜麵做的呀？韭菜盒子就一個字，香，趕緊吃。白菜絲湯，白菜切得很細，湯汁帶著清甜，吃完很是舒服。

這頓飯又得到了劉家人的一致好評，就連看林悠悠不順眼的苗氏，吃了兩頓飯之後，再看林悠悠的眼神都不一樣了。

第七章

劉老漢也吃到了韭菜盒子，滋味確實好，拿去賣錢確實可以的。

「老四媳婦，妳仔細說說做這韭菜盒子都用去了多少食物。」還得具體算一算花費多少，從中能賺多少。

林悠悠吃到美食，整個人都舒坦了，語氣都溫柔了，笑盈盈回道：「好的，爹。做這個韭菜盒子呢，需要麵粉、雞蛋、韭菜和豬油。像我今天中午做了一盆的韭菜盒子總共是三十二個，花了兩斤麵粉、三個雞蛋、五斤韭菜、小半罐子的豬油。」

林悠悠話語一落，劉老漢立刻就在心裡算了起來。

用的是雜麵，三文錢一斤。韭菜自家菜園子裡的，多的是，他們劉家後院菜園子就是韭菜最多，能供應得上。然後雞蛋是一文錢兩個，豬油得自己熬，這樣算下來，做三十二個韭菜盒子需要花費大概十五、六文錢，能做三十二個。

至於說人工，在莊戶人家裡都不算什麼，家裡有四個兒媳婦呢，還有好幾個丫頭，都能做的，若是一個賣一文錢的話，那就能賺一半了。

這個生意，可以做！劉老漢的的雙眼瞬間亮了。

「我晚上做的韭菜盒子還是比較大的，賣的話，還能做小一些，能賺得更多。」

為了能賺錢，林悠悠覺得自己也是拚了，能想到的都想了。

劉老漢低垂眉眼，曲著手指，一下一下在桌子上敲著，心裡想著。

茶寮的生意也不能停，雖然下雨了，生意不好做，但也會有晴天的時候。而且就算生意好，一半的人在那裡就成了，其餘的人可以抽身做其他的。他們劉家地少，也就農忙的時候忙個幾天，其他時候都有時間。

「這韭菜盒子的生意，我們也做。」

人手怎麼安排，生意在哪裡做，也是需要多想想的問題。韭菜盒子在茶寮不太合適，都是趕路的人，中間停下來就是想要快些吃飽、好攜帶的東西。這韭菜盒子熱著好吃，涼了就沒那口感。

要是在鎮上有個鋪面就好了，就不怕颳風下雨。不像茶寮漏風又漏雨的，很是淒涼。

「爹，鎮上不是有賣小吃食的店鋪嗎？我們寄放在他們店鋪裡面賣吧！」

「寄放？」劉老漢還是第一次聽到這說法。

「放在他們店鋪，賣出兩個給他們一文錢，想來這個生意還是有人肯做的。」

「兩個一文錢！」劉老漢頓時心疼地咬牙，等於讓出了一半利潤出去了。

「爹要想，若是放在店鋪寄賣，我們就不用自己去叫賣了，這省了多少事情？而且要是我們自己租個鋪子賣韭菜盒子，那得花更多錢。」

「是這個道理。」劉老漢也轉過彎來了。「行，我下午就去鎮上轉轉，看下能不能將這個談下來。」

想到要忙的事情，劉老漢三兩口吃完午飯，交代了一聲，讓鄭氏安排兩、三個人在茶寮那邊看著，就穿著蓑衣匆匆出了院子。

走到半道上，雨就停了，沒一會兒，太陽也出來了。鄭氏一看放晴了，忙讓大家趕緊將茶寮收拾收拾。

「娘，這兒到處都是水，泥濘得很，今日怕是做不了生意了，等明日乾了就好了。」陳氏有些為難地說著。

鄭氏也知道是這個理，但還是生氣做不了生意。他們劉家如今就缺錢呢，能多賺一點是一點，但這雨下得到處是泥濘，也是沒辦法，客人來了都沒地方下腳。

鄭氏坐在那裡發愁，其餘人也跟著發愁。

林悠悠也發愁。還是得有個鋪子啊，有了鋪子就不怕風吹日曬。可要想有鋪子，得先有錢，這真是個難題。或者有錢了，把這裡好好蓋一蓋，蓋個小飯館，甚至是雙層樓的。

唉，想像是美好的，但前提還是得有錢。

天氣晴了，過路的人有願意停下來的，但一看那地方又走了，最後也只做成一筆生意。那人也沒進茶寮，就站著吃了兩個饅頭三個花卷，喝了一碗大麥茶，便繼續趕路了。

所以，今天的收入就三文錢。

鄭氏看著手裡的三文錢，除了嘆氣還是嘆氣。這生意怎麼就這麼難做呢？她還以為就莊戶人家是看天吃飯呢，怎麼做個生意也要看天吃飯？

收拾好了回家，劉家人還是垂頭喪氣的。

還有十天就要還債了，到時候可怎麼辦？鄉里鄉親的，要是沒按約定還，在村子裡都不好意思走動。

這時候，劉老漢回來了，腳步很快，三兩步就進了院子，入了堂屋，在主位上坐下。鄭氏忙倒了一碗水，劉老漢也確實渴得厲害，咕嚕咕嚕喝了。

「老頭子，如何？」鄭氏悄悄看著劉老漢的臉色，不是很難看，就大著膽子問了。

劉老漢道：「成了一半。」

這話怎麼就聽不懂呢？鄭氏頓時急了。「老頭子，這說的什麼話？什麼叫成了一半？成就是成，不成就是不成，怎麼叫成了一半？」

劉老漢看大家都急得很，這才解釋道：「我先去糕餅鋪，去了兩家，話才說一半，人家就搖頭趕人了。後來我又去了茶館、小吃店，也都沒說成。」

大家頓時心跟著提了起來。

「後面就走到了吉祥飯館，看到了吉祥飯館對面的如意飯館。我一下子就來了精神，當即去了如意飯館。一開始人家也不肯聽的，後面我就說了我和吉祥飯館的事情，人家就肯認真聽了，最後更是同意了，讓我們先賣一個上午看看，若是行，再談。所以，明日早上先做一些送過去，看看賣得怎麼樣。」

「爹，這是為啥？」

劉大郎憨憨地摸了摸腦袋。為什麼如意飯館先前也不同意，後面聽了劉家和吉祥飯館的事情後就同意了，這中間有關聯嗎？

劉老漢當即瞪了劉大郎一眼。「要你這個榆木疙瘩當然想不明白了，一天天的，跟個木頭一樣！還好你老子腦袋好使，不然都跟你這個棒槌一樣，我們這一輩子怕是熬不出頭來。」

劉大郎低下腦袋，跟個鵪鶉一樣，也覺得自家老爹說得有道理。

劉老漢可不會說自己原先沒想到，也只是抱著試一試的心態說看看，結果真的就成了。成了之後，他再去想其中原因就容易想通了。

劉老漢將自己的猜測說了出來。「那吉祥飯館和如意飯館剛好開了正對門，都是賣吃食的，但是鎮上人就那麼多，出來吃飯的更是差不多數目。本來只有一家飯館的話，那就一家賺。這兩家開對門，可不就是搶生意？所以，那兩家可是對家了。這樣聽了我們和吉祥飯館有怨，不就覺得我們更親切了一些？反正就先試一試，也不妨礙什麼，不管有沒有得賺，如意飯館總是不損失什麼的。」

林悠悠忍不住側目。劉家這個一家之主倒是個頭腦清晰的，說得非常通透。

「老頭子，那我們明天準備多少韭菜盒子好呢？」

鄭氏不知道該準備多少好。準備多了賣不掉，虧的是他們自己。準備少了要是好賣，那也是虧。

劉老漢想了想，咬咬牙道：「準備一百個吧！」一百個的話，食材拋去一半再讓給如意飯館一半，他們大概能賺二十五文錢。第一天的話，也不算少了。「第一天先試試看，等賣完了看結果再說。」

劉老漢都發話了，其他人自然沒意見。

林悠悠教導劉家的人如何做韭菜盒子，看著簡單，但要好吃，其中的訣竅火候還是差很多的。這個可比花卷饅頭難多了，一個得調餡料，一個得煎，又講究火候，煎得不夠，那就不熟；煎得過了，那就老了。

所以劉家三個兒媳婦雖然學了，做出來的外表差不多，但是吃起來口感和味道就是差一些。

沒辦法，劉老漢還是讓林悠悠做。畢竟韭菜盒子還沒開始賣呢，味道不能差了。

林悠悠倒是願意的，就是自己想吃點好吃的。

「爹，明天我和您一起去鎮上吧！」她想看看鎮上有啥便宜好吃的。

這個小小的要求，劉老漢想都沒想就同意了。

次日一早，天還沒亮，劉家就忙活了起來。

今日雖然不是晴天，但也沒下雨，這就是個好天，茶寮的生意又可以做起來了。韭菜盒子的生意也第一天開始，不知道結果會如何，真是讓人忐忑又期待。

鄭氏帶著陳氏和苗氏做花卷饅頭、炒大麥，李氏則是帶著二丫三丫四丫給林悠悠打下手。

有了幫手，速度自然快了，等到天空露出一絲魚肚白的時候，一百個韭菜盒子就煎好了。

李氏忙拿了一個大籃子過來，上面鋪了一層粽葉，將韭菜盒子一個一個地放上。放了約莫二十個，就蓋上一層粽葉，又放了一層棉布；接著又是一層粽葉、一層韭菜盒子、一層棉布。

這樣做自然是為了保溫，儘量保留住韭菜盒子的口感。

林悠悠看著這個大籃子。等銀錢寬裕了一些，得去訂製一個手工攤車，能隨時隨地生火加熱。也順便訂製一下燒烤爐子、火鍋爐子。

不知道鎮子的晚上熱不熱鬧，如果有夜市的話，擺個攤子賣麻辣燙應該很不錯。不過，得先賺到錢再說。

劉老漢雖然年紀大，人還精神著，加上很有幹勁，他一手就將那個裝了一百零二個韭菜盒子的大籃子提了起來，絲毫不費力。多的兩個韭菜盒子，是給如意飯館的掌櫃嘗嘗的。這個自然是林悠悠提議的，劉老漢還想不到這一層。

林悠悠跟著劉老漢出發。

看著頭髮半白的劉老漢一個人提著那麼大的籃子，兩手空空的林悠悠頓時有些不忍心，就道：「爹，我來拎一會兒吧。」

劉老漢卻是避開了。「不用，這麼點東西，爹拎得動，輕鬆著呢。」

林悠悠還要說些什麼，卻被劉老漢打斷了。「老四媳婦，妳現在就很好了。」

突如其來的誇讚，讓林悠悠忍不住臉一紅。

等到了鎮上，兩人直奔如意飯館。

「哎呀，這不是我劉叔嗎？」一聲帶笑的招呼聲傳來。

林悠悠轉頭去看，就看到一個三十多歲的方臉男子正笑著看向這邊。

只是那笑容不怎麼真誠，帶著調笑。再一看對方站的地方是吉祥飯館的門口，這人身分呼之欲出了，就是周家的人。

果然，劉老漢的面色當即沈了下來，張嘴想要說什麼，但顧忌到手上拎著的東西，到底是忍住了。

「爹，我們不跟那些小人計較，正事要緊。」

劉老漢點點頭，兩人默默進了如意飯館。

待兩人進去，原本正要走進吉祥飯館的兩、三個人卻是停下腳步。

「李兄，可是有聞到一股香味？」

「正是。」

「這香味是從如意飯館裡傳出來的。」

「莫非如意飯館出了什麼新菜？」

「我們去看看。」

周家大郎看到，忙在後面叫喊道：「幾位客官，本店今早有新鮮的大肉包，皮薄肉香啊！」

可惜，幾人腳步頓了一下，就去了如意飯館。

吉祥飯館的大肉包吃過了，雖然好吃，但還是如意飯館剛才傳出來的香味更誘人一些。

周大郎頓時氣得跺腳，目光恨恨地看著對面。

林悠悠跟著劉老漢進了如意飯館，大堂冷冷清清的，只有靠窗邊上的一張桌子坐了一個老頭。桌上擺著一碟小籠包，一碗湯麵，正慢悠悠吃著。

那老頭聽到動靜，朝著林悠悠這邊看了一下，很快就轉回去，挾起一個小籠包正要咬一口的時候，鼻子卻是忍不住動了動。

他放下了手中的筷子，轉過頭來嗅了嗅，目光就落在劉老漢手上提著的籃子上了。

「那是什麼？」老頭立刻問了。他就好一口吃的。

如意飯館的掌櫃湯九神色一動，當即走到前面來，笑道：「哎呀，沈老闆，這是我們飯館新出的吃食，叫韭菜盒子，您老要來幾個嘗嘗嗎？」

老頭一聽，眼前一亮。「那來兩個吧！」

湯九的臉上頓時露出了笑意，忙叫小二拿了碟子來挾了兩個，親自送到沈老闆的桌子上。

「這是新出的韭菜盒子，香得很，一文錢一個，沈老闆您慢用。」

老頭當即挾起韭菜盒子往嘴巴裡一放。「唔，好脆、好香，好吃！」

吃了一口，老頭就愛上了，連連誇讚，然後三下五除二地將兩個韭菜盒子吃完了。

吃完，老頭忙伸手招呼湯九。「再給我來五個……不，那麼小，來八個吧！」

「好的，這就來。」沒想到這韭菜盒子還挺好賣的，湯九笑咪咪應下，讓小二端過去。

「果然是這裡的味道。」

「走得近了，更香了。」

「不知道是個什麼吃食？」

這時候，門外走來幾個人，邊走邊說，湯九忙過去招呼客人。

但人家卻是直接掠過他，迫不及待往劉老漢那邊走。

「就是這個了！」

「這是什麼吃食？」

一邊說，一邊就有那心急的掀開了棉布，頓時一個個小巧精緻、香脆無比的韭菜盒子就露了出來。

這麼一露面，那香味更加濃郁了，令人食指大動，欲罷不能。

「快，老闆給我上五個！」

「我也要五個。」

「老闆，你直接給我們每人上五個吧！」

這般說著，幾人就找了張桌子坐下來，眼巴巴地等著了。

湯九一開始還有些懵，但很快反應了過來，忙讓小二按人家要求的數量將韭菜盒子端過去，自己忙拉了劉老漢到後邊去。

「昨天聽老哥提起，是姓劉吧？」語氣分外親暱和氣。

劉老漢有種受寵若驚的感覺，忙道：「是姓劉，可不敢當老哥這稱呼。」

「是劉老哥呀。當得，怎麼就當不得了？這以後啊，我們可就是合作夥伴，那不跟兄弟一樣？劉老哥年長，自然就是我哥了。我們兄弟兩個將生意好好做起來，一起賺錢，將對面那無恥的烏龜王八蛋的吉祥飯館給打壓下去，就是今年最大的喜事了！」

被湯九這樣一說，劉老漢的心也跟著火熱了起來。「湯老闆真是豪爽。」

「可別叫我湯老闆，叫我湯老弟就是了。叫老闆生分得很，我可是要不高興的。」

「好、好，湯老弟。」

兩人相視一笑，儼然一對親親熱熱的兄弟。林悠悠在一邊看得目瞪口呆。

「湯老弟，這還特地給你多拿了兩個，讓你嘗嘗味道呢！」劉老漢指了指籃子。

湯九早就好奇這韭菜盒子的味道了，拿了兩個，吃了一口，頓時眼睛發亮。可以啊，這味道！只是吃了一口，他腦袋裡面就已經想了很多，每天需要多少量，能賺多少錢，如何扭虧為盈。

不一會兒，陸陸續續有人進來吃早飯，聞到香味都要叫上兩個嘗嘗，然後都是要再加的。才一盞茶的功夫，一百個韭菜盒子就賣完了。

後來的客人沒吃上，直嚷嚷著太少了，湯九也覺得太少了。「劉老哥，這才一百個也太少了，得多做啊！」

劉老漢高興得很。「才第一天賣，也不知道大家喜不喜歡，不敢多做，就怕賣不出去呢。」

「這個韭菜盒子的話，一天可以賣兩頓，早餐和晚餐。這樣吧，你早上給我拿五百個，晚上拿三百個，一天一共是八百個。」

「八百個！」劉老漢驚得眼睛瞪大，都有些反應不過來了。

湯九想了想，補充道：「下雨了就早上三百個，晚上一百個，總共四百個。沒下雨就按剛才說的八百個。劉老哥沒問題吧，能供應得過來吧？」

「沒問題，沒問題！」劉老漢忙拍胸脯保證。這必須沒問題，可都是錢啊！

賣一百個韭菜盒子，他大概能賺二十五文。若是一天賣八百個的話，那就是兩百文；就算是下雨天賣四百個，那也有一百文，一個月至少也是三兩銀子。這可真是天大的喜事！

這邊事情談妥了，劉老漢和林悠悠就離開了。雖然早上的是趕不及了，但晚上的三百個還是趕得及的，得回去準備著了。

出了如意飯館，林悠悠忙道：「爹，今天談成了這麼重要的生意，我們買點好吃的慶祝一下吧！」

劉老漢見是林悠悠提出來的，就點頭了，畢竟這韭菜盒子是老四媳婦想出來的，吃點好吃的也是應該的。

劉老漢倒是爽快多了，直接給林悠悠數了十文錢。「爹在這裡等妳，妳去買吧。」

林悠悠開心地接過十文錢，轉身就往菜市場方向去了，心裡想著要買什麼。

想吃紅燒肉，但十文錢只能買大半斤肉，一家那麼多人，到嘴裡就一塊肉，還不如不吃，不然沒吃過癮，還得更饞。

那買點啥呢？她在菜市場晃了兩圈，啥都想買，但手上的錢實在太少了。

「妹子來點豆腐吧，今天的豆腐嫩得很。」

林悠悠這才發現自己停在了一個豆腐攤前面，攤主是一個三十多歲的婦人，打扮得俐落，說話也豪爽。

林悠悠看了看攤子上的豆腐，確實很嫩。豆腐也可以做很多好吃的呢！這倒是便宜，一文錢就一大塊了。

林悠悠買了五大塊，也才花了五文錢，但這也花了她一半的錢了。

買完豆腐，她正要走呢，視線卻被什麼東西晃了一下，低頭去看，就看到旁邊地上放了一大盆田螺。

老闆娘見她看著，就笑道：「這是我親戚抓的，但這個沒什麼肉，味又腥得很，一般人做不好吃，不好賣呢。但是小孩子抓的，就放這裡試試，賣幾個銅板，也給孩子當零嘴。」

林悠悠一聽，瞬間激動了。「老闆娘，這一盆多少錢？」

「這樣，給六文錢，一盆全拿走。」

「五文。」

「好。」

林悠悠頓時笑彎了一雙眼睛。

真好，今天有口福了。

一個大木盆裝滿了田螺，整個得有二十幾斤重。林悠悠看了看自己，瘦胳膊瘦腿的，知道自己抬不動。

「老闆娘，這盆先借我，明日再還回來。我家就住在梨花村，我是劉家三爺那房的四兒媳，妳一打聽就知道了。」

老闆娘見她眉清目秀的，說話也是斯文大方，想著也就一個木盆，自家做的不值兩個銅板，點頭笑道：「這有什麼的，拿去就是。我日日都在這裡賣豆腐，妳得空了給我還回來就成。」

林悠悠這就去找了劉老漢。劉老漢此時正蹲在一棵樹下，吧嗒吧嗒地抽旱煙。走近了就是一股濃重的菸味，林悠悠有些不適應地停住了腳步。

劉老漢這才注意到林悠悠回來了，就滅了旱煙。看著她手上空空如也，頗為詫異。這個老四媳婦是頗為好吃的，從這幾日就看出來了，今日給了銀錢，竟然啥也沒買，倒是奇了。

「爹，東西太重，我搬不動，還要麻煩爹幫個忙。」

好吧，就說老四媳婦怎麼可能會空手而歸，原來是東西太多拿不動。

劉老漢有些恍惚。他剛才是只給了老四媳婦十文錢吧，這是買了啥，竟然搬不動？

他站起身來拍了拍身上的塵土，提著大籃子就跟著林悠悠去了。

到了豆腐攤前，林悠悠忙跟老闆娘招呼。「老闆娘，我回來了，東西拿走了。」攤子前面有客人，老闆娘也顧不上和林悠悠說話，點了點頭，算是知道了。

林悠悠指著用荷葉包好的五塊豆腐和地上的一盆田螺道：「爹，這兩個是我們的。」

嗯，買豆腐倒是沒啥，畢竟便宜，味道也不錯，尤其是對於他們這把年紀的人來說，豆腐軟嫩，吃著正好。

但是買這麼多田螺是怎麼回事？田螺雖然有肉，但是肉不好吃，帶著股腥味。而且早知道老四媳婦想吃這口，讓家裡的孩子去田裡撈不就好了？還花冤枉錢。

劉老漢有心想要教一下這個兒媳婦，但是想想今日談好的韭菜盒子生意，忍住了。算了，老四媳婦是個有能耐的，田螺就田螺吧，也不費幾個錢。

豆腐放到籃子裡由林悠悠提著，劉老漢則是抱著大盆，兩人就回家了。

到家的時候還早呢，陳氏正在蒸花卷。

今日沒雨，茶寮的生意還可以，早上蒸的饅頭和花卷已經賣得差不多了，鄭氏這就讓陳氏回來再蒸些，不然趕不上了。

劉老漢將田螺放到了廚房角落，就匆匆去茶寮那邊了。一早上沒盯著，不知道那邊怎麼樣了？

林悠悠將豆腐拿出來。這個豆腐得趁著新鮮料理。至於田螺，待會兒換下水，讓田螺再吐吐泥，晚上再做個田螺宴，保准讓劉家人香得舌頭都想吞下去。

中午麼，就是豆腐宴了。

林悠悠正在計劃著中午要做的菜，陳氏就走了過來。「四弟妹，你們早上帶去的一百個韭菜盒子都賣完了嗎？」

她不確定般地又仔細看了看籃子。除了豆腐，確實沒有東西了。一百個這就賣完了，也太快了吧？

「賣完了，大家都很喜歡，還好些人沒買到，要多做呢！我們和如意飯館商量好了，以後不是下雨天，每天供八百個，上午五百個，下午三百個。下雨天的話就四百個，上午三百個，下午一百個。賣出去四個，給如意飯館一文錢。」

「天哪，這就成了?!」

陳氏很是震驚。這不僅賣出去了，後面還談了長期生意，以後就是穩定的收入來源了。而且不管天氣如何，就算是下雨天也是有收入的，雖然減半，但也不少了。

陳氏在心裡算了好一會兒，也沒算明白每天能賺多少錢，但知道反正不少就是了。

「這下可是好了，十天後的債也能還上了。四郎的束脩、趕考銀子也不愁了，家裡慢慢也能好轉過來了。」

陳氏這會兒是真開心。她是家裡的長嫂，想得一直多些，劉家最近這樣難，她心裡愁得很，晚上翻來覆去的都不太睡得著，現在可算是好了。

「四弟妹，妳這中午要整什麼好吃的，需要我幫忙嗎？」心情一好，陳氏走路都帶風，看林悠悠跟看妹妹一樣。

「那大嫂幫我把這田螺的水換一下。」

「嗯，這就去。」

陳氏抱著田螺出去了，林悠悠則是看著豆腐，想著中午的菜。

嗯，做個麻婆豆腐，下飯，再來個嫩嫩的小蔥煎豆腐，素菜豆腐湯、蘿蔔絲豆腐丸子、白菜豆腐，嗯，齊活兒了。

不過現在還早，過一會兒再做午飯，趁著這時間做點泡菜酸蘿蔔吧，到時候也算是不錯的小菜了。

林悠悠就去後院拔了幾根大蘿蔔，又選了幾顆大白菜，找了個盆將蘿蔔和白菜放到盆裡，打算拿去河邊洗乾淨。

她一邊走，一邊低頭數著盆裡的白菜蘿蔔，想著十幾天後就有酸蘿蔔和泡菜吃，心情格外好，嘴角微微彎了起來。

「啊呀！」

沒想到出門的時候，正好和一個進門的人撞在一起，頓時手裡的盆飛出去了，白菜蘿蔔掉了一地，林悠悠人也朝著前面撲倒。

眼看前面就是一個門檻，下一刻，她卻感受到腰肢被一隻手牢牢攬住，然後人就落入了一個陌生的懷抱。

鼻尖是清新的竹葉香，很是清爽舒服。她抬頭，就看到一張清秀溫和的臉，以及那雙淡淡的眼眸。

還不待林悠悠反應，男子率先放開了她。她身子一晃，忙扶住旁邊的門穩住身子。男子生得高，足足高出她一個頭，林悠悠得抬起頭來。「你……」才說了一個字，男子已經轉身走開了。

林悠悠的怒意就那樣卡在嗓子眼，只能轉過身去，對著高高瘦瘦的背影怒目而視。

「四郎回來了呀？正好今日有口福了。」出來倒水的陳氏看到男子，頓時笑著打招呼。

四郎？劉四郎！男主角劉彥！

林悠悠一雙眼眸睜大，在記憶裡面翻了翻，確實是劉彥。剛才一下子還沒認出來，這竟然就是未來權傾朝野的劉閣老。

林悠悠彎下身子，將掉在地上的蘿蔔和白菜撿了起來，心頭也在思量著自己以後的路。在這個古代，她是劉彥的妻子，兩個人是走了正規儀式，有婚書在身的。她若是要離開，怕沒有那麼容易。

能有紙和離書就好了，到時候就能孑然一身、自在離開了。

林悠悠抱著木盆去河邊洗了蘿蔔白菜，心裡亂糟糟地想著各種問題。是現在就和劉彥攤牌，還是後面再找機會？

待洗完了東西，也沒想出個妥善的辦法來。她看了看天色，可以做午飯了。先吃飯再說，唯有美食不可辜負啊。

林悠悠端了木盆回去，陳氏正好在晾衣服，沒看到劉彥，目光下意識地四處打量。

瞧在陳氏眼中，頓時揶揄道：「四郎剛回來，說有些累了，回房休息了。四弟這次離家有十餘天，四弟妹想念，也是情理之中。」

這話說的，林悠悠竟然有點臉紅。她才不會想劉彥呢！剛剛初見劉彥，她差點沒認出來這是她夫君。

「大嫂，快別取笑我了，我去做飯了。」林悠悠快步進了廚房。

陳氏突然覺得這個四弟妹性子挺好的。一開始難相處，可能是因為還不熟悉。如今熟悉了後，就發現四弟妹是個很好的人，很能幹，做的飯菜好吃得緊，性子也好。

林悠悠進了廚房準備做豆腐宴，只是心頭總覺得墜著什麼。好像有什麼重要的事情忘記了。是什麼呢？一下子又想不起來。

算了，先做飯吧！林悠悠搖了搖頭，拋開腦袋裡面奇怪的憂愁。

麻婆豆腐最下飯，她就準備多做些麻婆豆腐。

菜園子裡掐的小蔥又嫩又鮮，切碎了，煎了個嫩嫩香香的小蔥豆腐。

湯是素菜豆腐湯，加了白菜碎、蘿蔔絲、小蔥末，就是一道極鮮的素菜湯了。

然後是蘿蔔絲豆腐丸子，家裡的油實在少，林悠悠只能在鍋底刷了一層油，輕煎一下。不然，這要是拿來油炸，外酥裡嫩，那才叫好味道呢！

可是油金貴著，她還想吃紅燒肉呢，更別說這熬油的肥肉更貴著，鄭氏肯定捨不得。唉，要是能有很多油就好了，也不用豬油。像是花生油、茶油、植物油都是可以的呀……

嗯？林悠悠切豆腐的手一頓。也許可以自己榨油？這真是個極好的主意。

自己榨油，不僅家裡以後不愁沒有油，她還可以炸油條、炸雞腿、炸小魚，可以做出更多的美食。而且還能將油拿出去賣，這不是一舉多得嗎？

待會兒吃完飯，就好好研究一下。

最後再來一個白菜豆腐就好了。她將食材處理好，放到鍋裡燉，時間到了就可以了。稍微休息一下，林悠悠正揉著自己的腰呢，突然就頓在了那裡。

她終於想起來了。難怪從劉彥回來後，她一直覺得自己漏掉了什麼，心神不寧，這會兒可算是想起來了，她真的忘記了要命的東西了！

她把陳德中給自己的情書壓在枕頭底下呢！

剛剛穿越過來的時候，她還在整理記憶就被苗氏叫去吃飯，直接把信壓在枕頭底下。後來忙著茶寮、韭菜盒子，她也累得不行，每天差不多沾床就睡，哪裡還會記得枕頭底下的那封情書呢？

這可怎麼辦？難道要重複書中的命運嗎？被趕出劉家，林家也不認她，最後被舅母賣掉，不過一個月被折磨而死嗎？

不行，她得趕緊補救，說不定還來得及！

林悠悠忙找到了陳氏，佯裝不舒服。「大嫂，我頭有些暈，豆腐在鍋裡燉著，一盞茶的功夫就好，妳看著一下，我去屋裡歇下。」

「怎麼了，是累著了嗎？」陳氏關切問著。

「沒事，躺一下就好了。」

林悠悠走到房間門口，伸手要將門推開，想到什麼又頓了手，側耳聽了聽，左右看看，確定沒人，她才輕輕推門。

將門推開僅容一個人通過的縫隙，她側身進去。

進了門，就看到劉彥躺在床上，正閉著眼睛。

林悠悠暗暗呼出一口氣。還來得及，肯定是沒發現，不然應該是睡不著的。

將門輕輕關上，林悠悠輕手輕腳地走到了床邊。

近距離看著劉彥，這科舉文的男主角，未來權傾朝野的劉閣老，如今還是個面容稚嫩的少年郎，安安靜靜地躺在那裡，頗有種歲月靜好的味道。

劉彥生得高瘦，身姿如青竹一般，端端正正地躺在床上，雙手交疊在腹部。

這人連睡覺都這麼認真。不過，林悠悠這下可沒心思欣賞劉彥，目光落在了那顆頭下。

她伸手，小心翼翼地探到枕頭，慢慢往裡面伸。還沒有……當時她隨便往枕頭下一塞，具體在哪個位置，根本不記得了。所以，可能是放在那一頭？

於是，林悠悠又轉去另一頭。

她傾身過去，正努力伸手去搆枕頭底下。

「娘子在做什麼？」

耳邊突然傳來一道涼涼的聲音。

林悠悠覺得整個人都不好了，低頭看，正對上劉彥那雙淡淡的眼眸。

第九章

「我……我來喊你吃飯。」林悠悠被這麼一嚇，差點結巴。

劉彥眸光動了動，在她身上游移一圈。這樣喊他吃飯？

林悠悠頓時忍不住紅了臉。實在是此刻的姿勢很是曖昧，她站在床前，腰肢彎下，青絲垂落，手還努力往前，一副要爬上床的樣子，怎麼看怎麼不好。

她忙站直了身子，退開兩步，強自鎮定道：「當然，我就是來喊你吃飯的。你睡得熟，前面喊了你幾聲，你都沒反應，我才打算近點叫你。」說到後面，林悠悠語氣已經很自然了，彷彿就是這般。

劉彥這才一臉迷惑。

見此，林悠悠心中暗鬆一口氣，道：「既然你醒了，就出來吃飯吧。」

話語落下，她轉身就離開了。

待她離開後，劉彥迷惑的目光頓時一片清明和冷淡。

他坐直身體，緩緩從袖子裡面掏出一張紙，赫然就是那封情書。

他帶著薄繭的手指捏著信紙，嘴角勾起一個嘲諷弧度，目光越發冷淡了。

劉彥指尖微微用力，信紙頓時落下了一個摺痕。他嗤笑一聲，又將信紙重新放回袖口裡，這才施施然起身，略理了理衣裳，出了房間。

劉彥出來的時候，守在茶寮的人也回來了。

這會兒，天上飄著雨，這般情況下就沒幾個人願意冒雨停下來吃點東西。

自那日下雨，生意幾乎沒開張後，劉老漢就發話，以後只要是有雨的天氣，人就不必在那裡守著了。

這不，大家就收拾了東西回來了。

劉老漢人還沒進家門，聲音就先進來了。

「呀，這又是老四媳婦的手藝吧，香得很，老頭子我今天要多吃點。」

「定然是老四媳婦的手藝了，這香味聞著就是不一樣。」

「四弟妹的手藝，吃撐了就沒錯了。」

劉彥出來的時候，聽到的就是這些話。

劉家人進了院子，也看到了劉彥。鄭氏頓時就是幾步到了劉彥身邊，目光上上下下在其身上打量。

「瘦了，瘦了。」鄭氏心疼得不得了。本來就是最疼小兒子，然後這個小兒子還聰明伶俐，讀書又好，更是疼到骨子裡了。

「娘，我在食堂吃得挺好的，比家裡好。」

「哪裡會比家裡好，今日是你媳婦做菜，你多吃點。」

聞著那香味，鄭氏也想吃午飯了，就推著劉彥往堂屋去了。

劉彥這會兒的臉色就很奇妙了。林氏做的菜，怎麼大家都這麼高興的樣子，喜氣洋洋的，跟過節一樣？

不明所以的劉彥被推進了堂屋，大家也很快進來，陳氏就去廚房幫林悠悠端菜了。

一大碗公的麻婆豆腐，一碟子的小蔥煎豆腐，一小盆的素菜豆腐湯，一大碗的蘿蔔絲豆腐丸子，一大碗的白菜豆腐……反正都有豆腐，今天是什麼日子，都吃豆腐？

而且看大家的反應，都一副非常期待、躍躍欲試的樣子，大家什麼時候這麼愛吃豆腐了？

劉彥疑惑的時候，眾人已經坐了下來。

沒有客人的時候，劉家沒有分桌，一大家子熱熱鬧鬧坐一塊兒吃飯，有點坐不下的話，幾個小孩子就拿個小板凳坐在旁邊，由大人挾菜就是了。

「開飯吧！」劉老漢話一落，大家就開動了起來。

今天的主食是一盆雜糧饅頭、一盆番薯、一盆豆子飯。

大家分別盛了一碗豆子飯，拿了個饅頭、番薯。小孩子和女人就差不多夠吃了，男人們還會再多吃一些。如今家裡不富裕，鄭氏對糧食還是掐得緊的，大家能吃個七、八分飽，敞開了吃是不可能的。

林悠悠也和大家一樣盛了豆子飯，拿了饅頭和一小個番薯。

一桌子的菜，她最喜歡的就是麻婆豆腐了，當即就取了麻婆豆腐，頓時那熟悉的味道霸占了味蕾，整個人從內到外都透出了舒爽來。

吃到美食，太幸福了！林悠悠頓時心無雜念，專心享受美食。

劉家其他人也是如此，反正默默吃就是了，有什麼事情、什麼話，吃完了再講。

劉彥就顯得格格不入了。他奇怪地看著劉家眾人皆是一副狂熱的樣子，觀察了一下，發現大家最愛的就是那碗帶點紅的豆腐，他好奇地挾了一筷子，放入口中，頓時，眼淚差點出來。

辣的！

至於好吃不好吃，他完全感受不到，就一個滋味，辣！辣得五臟六腑都要燒起來了一般，舌頭上跟著火了一樣，就想來杯水緩解一下。

這時候，鄭氏發現了劉彥不對勁，再一看他筷子上還殘留的一點紅，頓時明白了，忙急道：「哎呀，四郎怎麼樣了，那道菜是辣的呀！」

鄭氏一邊放下手中的碗，一邊著急慌忙地倒了一碗水讓劉彥喝下去。

喝了這碗水，劉彥才覺得自己像是活過來了一般。

「四郎，如何了？」鄭氏關切問著。

劉彥抬頭一看，發現整桌子的人都停了吃飯，看著自己，頓時有幾分赧然。「沒事，已經好了。」

「那就好，可別吃這道菜了，吃其他的，其他的都不辣，其他的菜也好吃著呢。你媳婦的手藝，那可是厲害著的。」

「嗯。」劉彥淡淡應了一聲。

鄭氏回去吃飯了，其他人也動起了筷子。

劉彥看了看，挾了白菜豆腐吃，只有這道菜看著最清淡，最讓人放心。

不過剛才被辣了一下，這會兒嘴裡吃什麼都一樣，也沒覺得這菜多好吃。

劉彥偷偷看林悠悠。也不知道這個女人做了什麼，讓全家人這樣吹捧她做的菜。他吃了，也就一般啊？

這頓午飯，劉彥吃得味同嚼蠟，嘴裡麻麻的，吃什麼都一個味兒。劉家其他人卻是大呼過癮，沒想到豆腐還能做出這麼多種滋味來，真真是長見識了。

吃過午飯，李氏帶著三個女兒收拾桌子廚房。

外面還在下著雨，去不了茶寮也下不了地，大家就在家裡歇著了。

而和如意飯館約定的一百個韭菜盒子可以晚點再做，快到飯點的時候送到如意飯館就好了。

林悠悠目光轉了轉，就對鄭氏道：「娘，我先回屋歇著了，待會兒做韭菜盒子的時候再出來。」

鄭氏自然是沒有不應的，一來這個四兒媳婦如今聰明伶俐，腦子活，做飯手藝還出眾，她愛護得不行；二來兒子回來了，讓兩個人多處處，感情處好了，她也能早點抱上孫子。

「去吧，去吧。」鄭氏笑著推了推林悠悠。

那笑容滿面的樣子讓林悠悠莫名覺得慌，總覺得鄭氏在想些奇怪的東西。

不過這些都不重要，她還是先回房間，趕緊將那封信找出來毀屍滅跡的好。

林悠悠回了房間，一進門，反手就將門關上了。想了想，又把門閂落下。這下總算可以安安心心地找了。

第一個地點就是枕頭。林悠悠大步過去，直接將枕頭掀開。

沒有?!林悠悠不信邪，又將枕頭抖了抖，確實啥都沒有。

她將被子掀開，角落都給找了一遍，確實啥也沒有。

「不可能啊，當時就是塞在枕頭下的呀……」

林悠悠喃喃著，又將枕頭和床上翻了一遍，依舊是沒有。

想了想，她又趴在地上將床底瞄了一遍，也是沒有。

林悠悠乾脆將整個房間都翻找了一遍，櫃子裡、桌子底下、牆角，能找的地方都找了，就差沒掘地三尺了。

怎麼會沒有呢？林悠悠實在是百思不解。

這時候，卻聽到腳步聲往這邊來，然後就是推門的聲音。

「林氏。」接著傳來劉彥冷淡的聲音。

林氏？劉彥竟然是這樣稱呼自己的。

林悠悠找不到那封信，心裡正不高興呢，聽到劉彥這樣稱呼自己，當即噔噔噔幾步走到門口將門閂抬起來，打開了門。

劉彥抬眸看向林悠悠。

林悠悠也看向他，皮笑肉不笑地道：「啊，劉四你回來了呀？」

劉彥素來淡定的面容上也忍不住出現了一些裂痕。

劉四！這個稱呼，好得很！

看到劉彥面色不好，林悠悠的心情就好了。果然，快樂還是要建立在別人的痛苦之上。

她轉身往回走，在床邊坐了下來。

剛在房間裡面一通翻找，身上出了點汗，這會兒還有點喘，得歇一會兒。

劉彥慢慢踱步進來，似乎永遠都是那副不疾不徐、風輕雲淡的樣子。

哼，真是個沒意思的人，一點都不鮮活，林悠悠心中暗暗腹誹。

劉彥這個時候也走到了林悠悠的面前，他本就長得高，一副居高臨下的樣子，陰影便落在林悠悠臉上。

林悠悠抬頭去看，就見對方臉色又恢復那副不動如山的模樣。

「有事？」林悠悠心情不太好，不太想說話。

總覺得心裡不安寧，怕自己走上書中原身的路。

「妳是在找這封信？」

林悠悠猛地抬起頭來，就看到劉彥指尖捏著一封信。看那信紙的顏色質地，她就知道是那封情書。

一瞬間，林悠悠感覺心裡炸開了一般。

怎麼也沒想到，那封信竟然已經在劉彥手中了。之前劉彥還能那般淡定，面上絲毫不露端倪，不愧是以後能夠權傾朝野的人。這心性，真是非常人能及。

「哦，是我的，我從一個話本子裡面抄的，覺得這段話很有意思。」

林悠悠佯裝鎮定地回答著。

信上並未用全名，而是特別稱呼，分別是中郎和悠妹，自然是對應陳德中和原身林悠悠了。可其餘，信上內容沒有能表明身分特徵的。

這麼一細想，林悠悠就變得從容了。反正她就是不認，也沒有證據，既然沒有如書中一般被當場捉姦，就還有狡辯的餘地。

林悠悠心裡都忍不住給自己點了個讚。哎呀，沒想到她還能有這樣的急智。

心裡想通了關鍵，她頓時整個人都變得有底氣，也抬起頭來，毫不客氣地對視回去。

反正，輸人不輸陣，不能在氣勢上輸給這個劉四！

「怎麼了，有問題嗎？我抄一段話還得你同意嗎？你管這麼多嗎？讀書人都這麼講究嗎？」

劉彥平靜的面色再次忍不住繃緊。這個女人……這個女人！

「妳倒是牙尖嘴利！」

聽到這話，林悠悠頓時懟回去。「你還尖嘴猴腮呢！」

劉彥覺得自己的養氣功夫在她面前完全破功。這個女人以前雖然鬧騰，但沒這麼強詞奪理。

「果然唯女子與小人難養也。」劉彥落下這句話，轉身就走了。

林悠悠氣得不行，回了一句。「你這心胸狹窄、小肚雞腸、強詞奪理的偽君子！」

劉彥猛然回頭，看著林悠悠的目光黑黝黝的。

林悠悠一驚。「你要打女人！」

劉彥氣了個倒仰，不再廢話，轉身大步出了房門。他覺得，再和對方多說一句話，自己就會忍不住內傷。

看到劉彥走了，林悠悠頓時眉開眼笑起來。

哼，不給對方點顏色，要是拿那封情書來要脅自己怎麼辦？還好，她夠機智。

對方走了，她正好補個覺。

這一覺睡得很舒服，醒來的時候，林悠悠心情很好。

出了房門，外面竟然有了太陽。

這天氣還真是跟孩子的臉一樣，說變就變。不過這是好事，茶寮的生意好做了，韭菜盒子也能多賣幾個了。原先下雨是打算做一百個，這會兒天氣好了，就可以做三百個了。

於是，林悠悠心情很好地哼著調子進了廚房，開始動手做韭菜盒子。

鄭氏正好在廚房裡面蒸茶寮的花卷，看到林悠悠，頓時笑咪咪道：「起來了啊？四郎那個孩子是個心細的，臨走的時候還囑咐我們不要打擾妳，說看妳很累的樣子。我們當然知道了，一大早的就起來做韭菜盒子，幫忙做饅頭花卷、炒大麥，這四郎還不放心呢。不過，看你們小倆口感情好，我就放心了。」

林悠悠只能訕訕地笑。要不是自己人格分裂，就是劉四人格分裂了！

第十章

三百個韭菜盒子還是很多的，林悠悠本來想讓二嫂李氏幫忙的，誰知三嫂苗氏卻是搶著幫忙。

林悠悠略微意外了下，也就點頭了。反正只要有人幫忙就行。

苗氏就負責揉麵、切韭菜、打雞蛋，調味和煎韭菜盒子這關鍵的兩步還是由林悠悠來。這倒不是她藏私，而是生意才開始做起來，味道自然是要保證的。等過了一段時間，再慢慢讓其他人上手，林悠悠沒有抓著這些手藝不放的念頭，她樂得有人幫忙，自己能偷懶呢。

有了苗氏幫忙，三百個韭菜盒子花了半個時辰就做好了。

這會兒，林悠悠可不想再去鎮上，劉老漢就帶著劉大郎去了。

劉老漢的念頭是帶著劉大郎認個路，再認認人，到時候就由劉大郎去送。總不能事事都他這個老頭子衝在前面。之後，家裡做吃食這邊就老婆子鄭氏盯著，他就茶寮和如意飯館兩頭盯著，這也算是劉家生意的雛形了。

劉老漢帶著劉大郎和韭菜盒子走了。至於饅頭花卷和大麥茶，陳氏她們也做得很好了，林悠悠嘗過，味道差不多了。趁著這會兒，她就休息一會兒，再過小半個時辰就可以做晚飯了。

晚飯是早就打算好要做田螺的。田螺也可以做出很多花樣，像是田螺煲、爆炒田螺、麻辣田螺。想想那滋味，她只覺得食指大動。

好像那劉四吃不了辣，那正好，田螺就是要辣才夠味，才好吃。

哼，敢對她說唯女子與小人難養也，那她不回敬幾分，豈不是對不起這話？

等她將最後一道爆炒田螺做好後，想了想，到底還是做了道清淡的涼拌芹菜。

她可不是為了劉彥，而是劉老漢和鄭氏年紀大了，全都是辣菜也不好。

最後，再做一道蔬菜芙蓉湯，晚飯就齊活兒了。

林悠悠熬了粥，加了地瓜、豆子，粥還是很稠的。

當然，她可不像是別人那般直接將地瓜和豆子、大米一起熬粥，而是分別處理。地瓜將皮削了，切成一小塊一小塊，再和大米一起熬粥。豆子則是先用大火熬了一遍，熬得軟了，再和地瓜大米一起熬粥。

經由林悠悠熬出來的粥，軟糯香甜，只覺得口齒留香。

粥熬好了，劉家的人也陸陸續續回來了。

「四弟妹又是做什麼好吃的，老遠就聞著了。唉，我這每天就盼著這一口吃的了。」劉三郎一邊走一邊說。

劉老漢聽了，頓時笑罵道：「幹活的時候不見你這麼索利，一到吃飯的時候倒是跑得快。」

眾人頓時都跟著笑了起來，一派其樂融融。

劉彥從房間裡出來後，就跟著劉二郎下地去了。

他雖然是讀書人，在家裡卻不是那種四肢不勤、五穀不分的人，反而勤快，每次回來都會幫著家裡幹活。

他這個時候回來，在門口就聽到了劉三郎的話，進來便看到大家笑成一片的畫面。這樣的溫馨和睦，以前很少見，這次回來，總覺得哪裡都變了。而這個改變，似乎是由林氏引起的。

而且家裡也沒賣菜了，爹娘不是還說談成了一筆大生意，給鎮上員外供雞蛋？怎麼這次回來，都沒人說這些了？反而開起了茶寮，做起什麼韭菜盒子的生意。

劉彥滿心疑惑的時候，眾人已經準備吃飯了。

女人們則是幫著端飯端菜，小孩子們乖得很，老老實實竄到了桌邊坐好了。

晚上的菜在劉家人眼裡，一如既往的豐盛。

「開飯吧，看把你們一個個給饞的。」劉老漢笑著讓大家開動。

大家頓時就高興地忙活起來，盛粥的、打湯的、吃菜的，忙得不亦樂乎。

劉彥總覺得眼前一幕很荒誕，只有自己格格不入。

明明以前吃飯的時候，就是大家沈默，面上沒什麼表情，只為了填飽肚子。但現在跟慶祝一般，一個個喜笑顏開的。

「老四，你怎麼不吃呀？你吃這個芹菜，還有這個湯，都是清淡不辣的。還有粥也熬得好，你可以吃。」鄭氏看劉彥沒立即動筷子，忙關切道。

她本來想說讓老四媳婦下次做點不辣的，但看其他人吃著都很開心，就沒說話了。畢竟桌子上也有不辣的，也是夠吃的，窮人家沒那麼多講究，不可能都可著老四一個人吃，何況家裡一心一意賺錢也是供老四讀書。

劉彥點了點頭就開始吃了。

他挾了一筷子涼拌芹菜，本來沒什麼表情的臉上，倒是出現了意外之色。

印象中寡淡無味的飯菜，今天的味道卻很是不錯，忍不住又多挾了幾筷子。

湯也試了，也不錯，那種剛剛好的清淡吃著很舒服，粥也好喝。

劉彥忍不住悄悄去看林悠悠，見對方正專心吃田螺，似乎是被辣的，鼻尖微微冒出一點汗，臉紅撲撲的，很是可愛。

腦子裡面冒出「可愛」這詞的時候，劉彥被自己嚇了一跳。

他怎麼會這麼想？林氏於他可不是良人，對方本就不願意嫁他，即便嫁他之後，也依舊對前未婚夫念念不忘，暗中雁書傳情。這些他都是知道的，只是顧忌家人顏面和感受才隱而不發。

劉彥收回目光，神色恢復冷淡。

林氏若是想走，他自是不會留；若是不走，就該做好劉家婦的本分。若是再做出有傷劉家顏面、有違婦德之事，他也是不能再容對方了。

初見那封情書的憤怒，此刻已經漸漸平息。他從來都是果斷的，既已經下了決定，就不再多想，專心吃飯。

林悠悠晚飯吃得多了些，就吃撐了，時間也還早，她就在後院裡消食。

今晚月色不錯，她趁著月色明亮，找鄭氏要了乾淨罈子，開始做泡菜和酸蘿蔔，折騰得差不多了，這才回了房間。

劉彥不在房間，好像是和劉老漢出去了。林悠悠也不在意，正好先把床占了，晚上讓劉彥睡地上，實在不行就一人一半。

脫了衣裳上了床，眼角餘光看到枕頭底下好像壓著一張紙。

林悠悠頓時來了精神。這是那封情書？

雖說自己給自己找到理由，但如果能夠拿回那封罪證，還是好的啊！

林悠悠頓時眉開眼笑地從枕頭底下拿出了那張紙。

根本不是她以為的情書，而是一封和離書！

「凡為夫婦之因，前世三生結緣……一別兩寬，各生歡喜。」

劉彥這是什麼意思，竟然要和她和離？

雖然這確實是她的計劃，卻不是現在。現在和離，她要回去娘家，若是被林父隨便配個鰥夫糟老頭子，那她怕是不一定有命等到自由之日。

這就是古代，在家從父，出嫁從夫。

相比於耳根子軟、容易受繼母張氏唆使，劉彥倒是顯得更加清正。這麼一比，劉家反而是她目前最好的棲身之所。在這樣的情況下，她不想和離，不想歸家，不想回去林家那個狼窩。

林悠悠捏緊了手上那封信，很是用力，指尖泛白，臉色也跟著泛白，心慌了。突如其來的意外讓她很是茫然，不知道該何去何從。

林悠悠就這般坐在床上，亂七八糟地想了很多。

直到劉彥推開房門，林悠悠瞬間轉過頭去，目光灼灼地看向劉彥。

劉彥被這樣熾熱的目光一看，倒是愣了一下，待看清楚對方手中的信紙時，頓時明白過來。

他走到床邊，在林悠悠旁邊坐下，面色很是平靜。

「劉四，你這是什麼意思？」林悠悠壓著心頭風起雲湧的情緒，儘量讓語調冷靜。

「我希望，我們好聚好散。若是可以，則相敬如賓，各司其職；若是不可，則一別兩寬，各生歡喜。我不想勉強，免成怨偶，釀成禍患。」

若是她有了準備，有了離開的底氣，她會欣然應下，接過這紙和離書。但是當下，自己還沒有任何準備，離開劉家的話，根本活不了。辦路引需要林父同意，否則根本辦不下來。

而且她若是跑了，林父一個報官，她就會被抓回來。

林悠悠低下頭去，聲音發澀，眼睛微垂，長長的睫毛落下，擋住了目光，讓人看不清楚情緒。

「我不想和離。」

聽到這話，劉彥明顯愣了一下，似乎沒有想到會是這樣的結果。

但他本就不擅長處理這事，也不忍心見對方露出這樣黯然的姿態，緩和了語氣道：「我並沒有要趕妳離開的意思，只是妳志不在此，不想為劉家婦，我自然也不會強留妳。」

「我願意的。」至少現在是願意的，劉家人挺好相處的。

至於劉彥，也可以。

林悠悠說這句話的時候，一雙眼眸很認真地看著劉彥，清澈見底，那般真摯。

劉彥略微猶豫，之後道：「既如此，我們約法三章。第一，不得做出有辱門風之事。」

比如和陳德中暗通款曲。

林悠悠自然是同意的。她也不贊同原身已婚還和妹夫掰扯不清。

「好。」她應得乾脆。

「第二，孝順公婆。第三，友愛妯娌。」

「好。那擊掌為約。」

林悠悠伸出手來。劉彥疑惑了一下，然後也試著伸出手來，和她一般將手豎起來。

就見對面的女子笑顏如花地伸手過來，和自己擊了一掌。
「合作愉快。」
明快的聲音在房間裡面蕩著，那一掌竟似乎拍在了心坎上，感覺很特別，以前沒有過，很新奇，也挺開心的。
合作愉快？這是說，他們是夥伴了？
「合作愉快。」夥伴，也挺好。
他一心讀書，不識情滋味，對妻子並沒有嚮往，反而夥伴似乎更好。
「那我們睡吧！」
林悠悠將和離書摺好，放在衣服夾層裡面，心裡想著，這樣重要的東西，到時候得縫個小布袋子裝起來，才不容易損壞。畢竟這還是很重要的。
她心情很好地起身，去櫃子裡又抱出來一床被子。
劉彥這般識大體，林悠悠也不好意思讓對方睡地上了，決定將床分對方一半了。
「我睡裡側，你睡外側？」
「好。」
兩人安排妥當，分裡外而睡，都躺得平平整整的，各蓋各的被子，倒也挺和諧的。
但一下子也睡不著，林悠悠就想找點話說。
「劉四，你喜歡吃什麼菜呀？我明天做給你吃。」

她也犒勞犒勞對方，畢竟對方人還挺好的。

劉彥聽到劉四這個稱呼，原先心中還會有波瀾，此刻卻有點適應了。聽到問話，劉彥想到的是林悠悠做的那道麻婆豆腐，又辣又麻。「我吃不了辣的。」反正不是辣的都差不多。

林悠悠頓時覺得他有點可憐，竟然吃不了辣，得與多少美食失之交臂呀！酸菜魚、麻辣香鍋、小龍蝦，想想口水都要流下來了。

「我明天給你做好吃的。」不能吃辣就不能吃辣吧，她明天做點清淡的，包准對方吃了忘不了。

「好。」劉彥想了想，又小聲地補了句。「謝謝。」

話題到此，林悠悠有點睏了，迷迷糊糊就要睡著的時候，劉彥似乎想了好一會兒，小聲道：「我去縣裡參加縣試的時候，給妳帶桂花糕吃。」

他記得她好像很喜歡吃糕點，桂花糕是縣城聞名的，她應該會喜歡吧？

劉彥等了一會兒，卻沒等到回應。轉過頭去，就看到她已經閉上眼睛，竟然睡著了。

劉彥這才認真打量起她來。她生得秀麗，頭髮烏黑，唇色淺粉。

他驚覺自己太失禮了，忙收回目光，轉回身，一顆心怦怦跳個不停，胸腔裡像是藏了兔子一般。

奇怪，只是看了她一會兒，怎麼會有這麼奇怪的反應？

不該，不該，他忙收斂心神，但腦海裡總是無端冒出那張妍麗的面容，揮之不去，竟然難以入眠。

背書，背書就好了。「專心於內最為難，又主其三得大端……」

背了好幾頁，終於迷迷糊糊睡了。

這真是劉彥有生以來第一次遇到難以靜心的時候。

第十一章

次日，林悠悠醒來的時候，劉家上下已經開始忙得熱火朝天了。

清晨可以說是劉家最忙的時候了，做饅頭、做花卷、炒大麥、做韭菜盒子，但劉家人幹勁十足，想著要還債，要給劉彥攢錢考科舉，而且孫輩也都長大了，聘禮嫁妝都要攢起來了，這些都是要銀子的。莊戶人家不怕苦不怕累，就怕沒辦法攢錢。

韭菜盒子如今的準備工作，其他人已經上手了，林悠悠就負責煎。林悠悠也打算早點教會別人，這樣她就可以騰出手來搗飭其他美食了。

昨兒個因為劉彥突如其來的和離書，打得她措手不及，她得趕緊攢錢，抓緊計劃了。早上，五百個韭菜盒子做完，人也累得很，林悠悠就著剩下的麵粉做了個白菜疙瘩湯。人太累，倒是吃點湯湯水水的，感覺更舒服。

劉家人吃著也覺得好，反正林悠悠做的都好吃。劉彥吃著，也覺得合胃口，清淡爽口，還帶著白菜一點微微的甜，喝完胃裡都暖暖的，舒服到心裡去了。

他似乎有些懂了家裡人的變化了，若是每天都能吃到這樣舒心又合心意的飯菜，他想自己也會每日心生歡喜吧？

林悠悠昨日說過要給劉彥做好吃的，自然是不會忘記的。

劉彥去鎮上讀書，吃過午飯，再睡個晌午覺就走，晚飯是來不及了，免得走夜路，那午飯得做豐盛一點。

她看了看食材，實在是巧婦難為無米之炊，食材有限，都是青菜，看來得做一桌素宴了。

正準備去後園摘菜呢，就見鄭氏提著一條魚進來了。林悠悠頓時眼睛睜大。竟然是魚，得有兩斤多的一條草魚，此刻魚還是活的，尾巴一甩一甩的。

看到這魚，林悠悠瞬間感覺自己都有精神了。

「娘，這魚是？」

「這魚是剛從隔壁村買來的，妳做了中午吃。」

「好、好的。」驚喜來得太突然，林悠悠笑著應了。

這可實在是難得，鄭氏素來儉省，一向都是能吃飽就已經是天大的福氣了，如今竟然主動去買了一條魚，真是極為稀罕了。

「四郎下個月初就要去參加縣試了，得吃點好的補補。昨日的田螺好吃，但是辣的。四郎說這次回去，就專心在書院裡讀了，直接去參加考試，得等考試後再回來了。四郎媳婦，妳做菜好吃，妳好好做做，做點四郎愛吃的。不能辣，四郎一點辣都吃不了。」鄭氏絮絮叨叨囑咐一番，這才放心出了廚房。

這可真是小兒子，心心念念著呢！不過這都是次要的，重要的是她又可以一展身手了。

雖然這魚有點小，若是能來個大魚，她再弄個酸菜魚、水煮魚，那才叫夠滋味。

不過，有魚就不錯了。

清淡一點的，那就做個番茄魚鍋吧！將魚肉片下來，用番茄熬出濃湯，再加點蘿蔔、粉條，就是一道好吃清淡的魚鍋了。剩下的魚骨還可以拿來熬湯。至於魚頭，就做個蒜香魚頭。

好了，一條魚就安排得明明白白的了，再添點其他菜，拍黃瓜、蘿蔔糕、醋溜白菜、茄子煲，這就好了。

林悠悠讓李氏帶著三個女兒來幫忙。

李氏為人木訥沈默，在家裡最沒存在感，讓她幹活就幹活，連帶著三個女兒也是一樣，面黃肌瘦，老實膽小。

林悠悠看著，很是不忍心。

她側頭，看李氏正在洗菜，就拿著蘿蔔走到李氏身邊，一邊切蘿蔔，一邊道：「以後我做飯的時候，都讓二丫三丫四丫過來幫忙吧！我先教她們切菜，練練刀功，慢慢將廚藝學去。」

沈默的李氏終於抬起頭來，看向林悠悠，眼睛裡面有什麼情緒在湧動。

「四弟妹……」

「我的廚藝，不是我自誇，那是非常不錯的。我看二丫三丫四丫都是乖巧的好孩子，好好教導一番，早些出師。女孩子會一門手藝，有手藝傍身總是好的，雖然是女孩子，但也可以自力更生，不輸男兒。」

「可是女孩子終究是要嫁出去的。嫁出去的女兒，若是娘家沒人撐腰，就會被人欺負的。是我不好，沒有給她們生個弟弟出來。以後，怕是還得要靠家裡的堂兄弟們……」

難得的，李氏也說出了心裡話來。

林悠悠聽了，莫名覺得心酸。但這就是這個社會，她無力改變，只能儘量以微薄之力讓身邊的人過得好一些。

「如果她們的手藝足夠好，再捏著能夠一個月賺十兩的秘方，在夫家腰桿子能不硬嗎？需要別人撐腰嗎？」

李氏的呼吸變得急了。她想說，怎麼可能，但很快想到林悠悠做的花卷、韭菜盒子。一個月賺十兩並非不可能，如她所說，女兒的腰桿子還會不硬嗎？

李氏似乎明白了一些，似乎又沒有明白，但她知道，女兒跟著四弟妹是好的。

「謝謝四弟妹。」不管將來如何，這一刻，李氏總是感激林悠悠的。

林悠悠卻是笑著摸了摸旁邊四丫的腦袋。這麼可愛的小姑娘。

她以前就想，她以後要是有孩子，一定要是女兒，軟軟香香的小姑娘。

接著她就一邊動手，一邊指點三個小姑娘。三個小姑娘也很乖，很認真，一邊的李氏看著，莫名地熱淚盈眶。

午飯自然是得到了劉家的一致好評，其中自然也包括劉彥。
他第一次知道，原來食物能做到這樣好吃，好吃得他覺得難用詞語形容，感覺吃到嘴裡的食物，都帶著幸福的味道。
這是獨屬於她的味道。

劉彥回了書院，劉家的生活也進入了穩定。
這個月的天氣很是不好，雨水多，有時候，連著五、六天都是陰雨天。
因為天氣太差了，茶寮的生意一直不好做。韭菜盒子的生意倒是還好，這般過了幾天，到還債的日子了。
前一天晚上，鄭氏就將攢錢的小木箱子抱到床上。劉老漢正坐在床上抽著旱煙。
「老頭子，你說我們能夠還債嗎？」
「數數不就知道了。」劉老漢狠狠吸了一口，催促著。
鄭氏這才將箱子打開。裡面幾乎全是銅板，只有兩、三個銀角子。她先把銀角子拿出來。「分別是一個一錢的，兩個兩錢的，總共就是五錢，半兩銀子。」
鄭氏將這三個銀角子歸在一邊，接著去數銅板。她每數好一千個，就用繩子串起來。如此總共串了十六個，外加一些散碎的銅板。
「總共是十六兩，外加半兩銀子，三百六十七文。」

鄭氏將整理好的錢都放一邊，抬起頭來看向劉老漢。

劉老漢此刻吐出了一口煙，煙霧繚繞中，看不出神色，只聽得到晦澀的聲音。「當時收雞蛋是以二十文錢三個收的，總共六千個，花了四十兩銀子。原先說好的，下個月要還一半。」

劉老漢做人素來很有規矩，他一個月前說出去的話，如今四十兩的一半二十兩沒攢夠，明日要如何和大家交代，他只覺得嘴裡發苦。

鄭氏看劉老漢這般，勸說道：「明日可以還十六兩，也就差四兩銀子，也差不多了。而且我們現在做著茶寮和韭菜盒子生意，不怕沒錢，再一個月就能攢出來了。」

劉老漢點了點頭，老夫妻兩個將錢裝回箱子裡就睡了。

只希望明天能夠順利。當初借這麼多錢，一半是親戚朋友借的，一半是由老村長牽頭，從村子裡面借的，約定好要還的二十兩，就是村子裡借的這二十兩。

村子裡借的錢若是不還，一個是老村長那邊沒法交代，還有則是在村子裡怕是也不好生活。抬頭不見低頭見的，都是債主，日子還怎麼能舒坦？

次日一早，吃過早飯，劉老漢就提著裝著錢的小木箱去了村長家。

他以為自己已經來得很早了，沒想到在村長家門口還遇到了兩、三個人。

那幾人都和劉老漢差不多年紀，看到他過來，面上當即閃過幾分訕訕之色。

他們這麼早來就是想避開別人，先和老村長通氣的，沒想到劉老漢竟然也這麼早來，還撞上了。

不過轉念一想，頓時覺得劉老漢憑那個茶寮可是賺了不少錢。頓時，幾人暗中交換了下眼色。

「你們也這般早呀？」劉老漢面色如常地打招呼。

三人也是笑呵呵回應著，幾人就進了老村長的家門，然後發現自己還不是最早的，竟然已經有人在等著了。

劉老漢沒想太多，以為是其中有人急用錢，先等著了。

這沒什麼，他本來就承諾了今日要還錢的，人家提早來等著也沒什麼好說的。

老村長看到劉老漢就招呼了一下。「先坐著吧，等大家到齊了再談。」

這個，大家自然沒有意見，眾人紛紛坐著等了。

村長媳婦端了壺茶過來給大家倒上，大家一邊喝茶，一邊等著。

茶自然是普通茶水，茶葉是山上摘的野茶葉，滋味一般，但怎麼也比開水強。

等了約莫一盞茶的功夫，人也到齊了。

老村長目光掃了掃，然後看向劉老漢。

劉老漢搓了搓手，發黃的臉上帶了點紅，澀然道：「上個月本來說好，這個月要將錢還給大家的。那時候，我們信了周家的話，借錢買了很多雞蛋。本來雞蛋轉手賣出去，這個錢自然是能還上的，但那周家出爾反爾，我們雞蛋一個也賣不出去。後面是做了其他買賣，加上將家裡的全部銀錢都帶來了，也才湊了十六兩。還差了四兩，希望大家能夠通融一下，再緩半個月，到時候一定還上。」

劉老漢話落，老村長點了點頭，這才看向眾人。「大家怎麼看，都說說吧。」

眾人頓時面面相覷。半個月就還，也不差這半個月。而且主要是劉老漢的名聲一直很好，大家信得過。

「沒問題，就再等半個月。」

「我願意等半個月。」

有那信得過劉老漢的，就主動開口延期了。

當然也有想早些把錢拽在手裡的，就不說話，等著拿錢。剛才也說了，攢了十六兩，怎麼也不差自家這三瓜兩棗的。

村長暗中點了點人頭，夠數了就點頭。「好，那就照劉老三剛才說的辦。」

這般，劉老漢就將小木箱打開。老村長也拿出一份名單，上面有劉老漢的手印，也有在座其他人的手印，便開始還錢了。

老村長唸一個，就有一人上前，劉老漢將錢給那人。那人點齊，沒有問題，老村長就喊下一個。如此，很快錢就還完了。

老村長根據沒拿到錢的人重新立了一份借條，讓劉老漢和未拿到錢的人按手印，這次的還錢算是了結了。

「既如此，那今日就到這裡，大家都忙自己的去吧！」

老村長也有些累了，畢竟年紀大了，精神有限。

劉老漢將箱子蓋起來，準備回去了。這兩、三日，茶寮的生意一直走下坡。即使天氣晴好，人也是越發少了。他打算去打聽看看，是什麼原因導致的。

這個時候，卻有人站了出來。「且等一下。」

眾人的腳步就停了下來。

「事情還沒完，該說說劉老三開茶寮那塊地的問題。」

劉老漢的手一抖，小木箱子晃了晃。

他抬起頭去看說話的人，是村頭的賴老七。

兩家當年因為分地的事情曾經鬧過一場，這之後，兩家關係就一直很差了。沒想到，這人竟然說起了茶寮那塊地的事情。

這確實是他考慮不周，當初根本不知道茶寮能不能開起來，所以沒想那麼多。而現在茶寮的生意起起落落的，也還沒心思考慮到，倒是讓人鑽了空子，抓了把柄了。

「那塊地是村子裡的，是大家的，劉老三在那裡開茶寮，就該給村子裡交租金。那茶寮生意好得很，每日起碼能有一兩進帳，一個月就是三十兩。三十兩的賺頭，給村子裡交十兩的租金不過分吧？」

那賴老七連珠炮似的扔出這句話，頓時引起一片譁然。

第十二章

這邊，鄭氏在家裡左等右等，也不見劉老漢回來，在家裡走來走去，焦躁得不行。

劉大郎送了韭菜盒子都已經回來了，看到鄭氏這樣著急，就道：「娘，要不然我去村長家看看？」

聽到這話，鄭氏的腳步倒是一頓，在想著要不要讓兒子去看看。

「你去吧，先在外面看看發生了什麼事情。有什麼情況，先回來說。」

劉大郎應了一聲，轉身就出了門，誰知道沒一會兒又回來了。

鄭氏急道：「怎麼又回來了？不是讓你過去看一下什麼情況嗎？」這麼點時間，肯定不夠來回的。

劉大郎忙道：「不是，我在路上遇到爹，就一起回來了。」

鄭氏走到門口往外張望，果然看到劉老漢背著那個小木箱走來，低著頭，看著很落寞的樣子。

「老頭子，這是怎麼了？」鄭氏幾步走過去，抓著劉老漢的胳膊，滿面關切和擔憂。

劉老漢抬頭看了鄭氏一眼。鄭氏這時候也看清楚了劉老漢的神色。

「進去再說。」

大家就去了堂屋。

林悠悠恰好端了茶過來，是家裡的大麥茶，正好一人一碗。

劉大郎一路奔波，真是渴了，一碗咕嚕咕嚕就喝掉了。

劉老漢也是喝了一大口，緩了一下面色，這才將事情娓娓道來。

「……大家如此鬧了起來，老村長被吵得也動了氣，最後實在吵不出個結果來，就讓大家都先回去，他再好好想想，明日再召集大家過去，說個結果。」

劉老漢的話語落下，堂屋裡為之一靜。

鄭氏最先忍不住，聲音都尖利了幾分。

「怎麼能這樣？那原先就是一塊荒地，種不了糧食種不了樹的，又離村子遠，沒人蓋房子。當時就是白給都沒人要的，如今倒是好了，看咱們把生意做起來了，開口就要十兩一個月的租金，這怎麼不去搶呢?!」

他們的茶寮第一天是賺錢，但是後面天氣不好，一個生意都沒有。加上近幾日來不知道為什麼，經過這裡的人也變少了。前面將近一個月，茶寮也就賺了五、六兩銀子。

就這樣還給十兩租金，他們劉家圖啥，圖錢太多嗎？

「我也說了，可是他們不信。那賴老七還說，要他相信也行，每天讓村子跟著一個人去看，看每日收入多少，最後加起來看看茶寮一個月究竟能賺多少，反正要拿出三份中的一份來做租金。」

劉老漢說完這些話，面色也很難看，眼神都變得凶狠了幾分。那個賴老七就是個無賴，本就和他們劉家有嫌隙，平日沒事都要挑釁幾分，如今讓對方抓住了這個機會，還不得狠狠地從他們劉家身上撕下一塊肉來。

「我去揍他一頓！」劉大郎頓時氣得臉色漲紅，拿起旁邊角落的一個鋤頭就要往外衝去。

鄭氏忙給拉住了。「你可別添亂了。」

「娘，那賴老七家欺人太甚，我去揍他們一頓，讓他們知道我們劉家不是那麼好欺負的。」

「你去揍一頓，到時候人家乘機賴上我們家，讓我們家賠錢嗎？」鄭氏到底想得多些。

「他敢！」劉大郎臉紅脖子粗，不過到底是沒再往外衝了。

「爹，既然那賴家的想賺這個錢，不如把茶寮賣給他吧！」林悠悠卻在這個時候開口。在場的人都驚了一下。

「茶寮怎麼能賣？雖然這幾天生意不好，但是後面會好的，第一天可是收了九百多文呢！慢慢會越做越好的。」

劉老漢卻是不肯。這個茶寮慢慢做著，以後還能一直傳下去，算是劉家的第一份產業，怎麼能捨得？

「爹，您應該發現最近生意一日不如一日，過往的人慢慢減少了吧！」林悠悠轉而提起另一個問題。

劉老漢一聽，頓時坐直了身體，轉頭看向她。這意思，老四家的是有什麼見解？

「因為旁邊的縣城白水縣開了一條運河，也通航了，往來船隻很多，四通八達，可比走官道便捷很多也更省時間。」

「竟是這樣。」聽了這個原因，劉老漢頓時吐出一口氣來，五味雜陳，難受得很。茶寮的生意才做起來，他還想著能夠一代一代傳下去，結果中間就出了這許多變故。先是村子裡的人惦記上了那塊地，接著是官道旁邊通了水路，一下子，茶寮就變得不值什麼了。

劉老漢心裡難受。這個茶寮是他看著一點一點建起來的，他在裡面花了多少心血，放了多少期望，如今似乎轉頭成空了。

「爹，這也許是好事啊，本來因為旁邊的水路開通，茶寮早晚要做不下去的，本就是要換地方了，這不，就有人來接手這個爛攤子了，而且是搶著來接手，這不是好事嗎？就用十兩將茶寮賣給賴老七如何？草棚子搭起來就不拆了，到時桌椅板凳碗碟這些能收拾帶走的，都可以收拾帶走。就留一個空殼子給那賴老七家，讓他去做那一個月能賺三十兩的生意去。而我們另找一個地方做生意，不怕沒地方，去鎮子、縣城或者乾脆去白水縣碼頭，都是可以的。有手藝在，哪裡不能賣了？」

這話，說得是句句在理，都說到了劉老漢心坎裡，怎麼聽怎麼舒服。

是啊，他們賣的又不是地皮也不是草棚子，賣的是饅頭花卷大麥茶；賣吃的喝的，哪裡不能賣了？他們換個地方賣就是了。

而那個茶寮，賴老七那麼想要，就讓他買去。他也不占便宜，對方還想一個月十兩租金呢，他直接十兩賣給對方，讓對方去賺那一個月三十兩吧！

想通了這些，劉老漢整個人跟活過來一樣，最後更是哈哈大笑起來。

「老四媳婦就是伶俐！好，很好啊！老婆子，給老四媳婦拿三十文錢，去買點好吃的，一家人好好吃一頓。」

三十文，可以買肉買豬腳了，這回終於能吃上肉了。林悠悠甚是開心。

而另一邊，要打算將茶寮推出去，那就更不能急了，慢悠悠的，自然有人急著找上門來。

劉老漢打算親自去白水縣的碼頭考察。

林悠悠呢，則是去鎮上逛了。

有了三十文錢，差不多是一筆鉅款了，這回總算是可以買了。

得買五花肉，她想正正經經做一回紅燒肉，然後再買一隻豬蹄，做個滷豬蹄，再來個清淡爽口的薯羹湯，青菜炒兩個，就很是豐盛了。

林悠悠回來做好午飯，家裡被濃郁香味包圍的時候，劉老漢就回來了。

他垂著眼睛，雙手背在身後，正慢悠悠走著。

進了院子，他神色微動，目光看向了廚房，面上忍不住露出笑意來。這麼濃郁的香味，定然是老四媳婦在廚房裡又做了什麼好吃的了。

自從老四媳婦變好了之後，整個家都變了。

原本以為劉家會陷入絕境，愁雲慘霧的，卻因為老四媳婦，反而如現在的天氣一般，春暖花開。

劉老漢忍不住踱步過去，就看到廚房裡，老四媳婦身邊站著三個小姑娘，那是二房家的三個丫頭。

三個丫頭此刻都抬著腦袋，望著老四媳婦。老四媳婦正含笑說著話。「做肉的話，火候很重要。太久了，肉就老了；時間不夠，肉會生……明白了嗎？」

說完，老四媳婦笑盈盈看著三個小丫頭。

「懂了。」三個小丫頭齊聲回答。

老四媳婦笑著摸了摸三個丫頭的腦袋，一邊摸一邊誇真棒。

劉老漢不知怎的，看著看著，嘴角就彎著了。

他不知道該怎麼形容這樣的畫面，就知道看著心裡很舒服。

這樣可真好啊，一家人，就該是這樣子的。

到了吃午飯的時候，一家人坐在一起。

劉老漢就說起了自己上午去考察的情況了。「白水縣那邊建了一個碼頭，不去不知道，那碼頭可真大啊，船也很多，還有一艘船竟然有兩層樓高，船上還有歌聲琴聲傳來，今日可真是長見識了。那裡好多做小買賣的人。有賣吃的、賣小玩意兒的，到處吆喝，非常熱鬧。我在那裡走了兩圈，看了那裡賣吃食的，有賣饅頭包子、蒸糕煎餅的，反正都是好拿、方便帶的吃食。買吃的有船上下來休息停頓的，有碼頭幫忙搬運的人。在那裡做生意，不會比在茶寮差。」說完，劉老漢又皺了皺眉。「就是路途比茶寮遠，要走一個時辰的路。」

這個倒是比較麻煩，這般的話，人就得很早起來，挑著過去了。這就不能和茶寮比了。茶寮就在村口，一盞茶的功夫就到了，饅頭花卷還熱著。這樣一想，劉老漢又捨不得茶寮了。

「但是途經那條官道的人變少了，而且賴老七還一直盯著茶寮呢！」鄭氏憂愁地說著。碼頭那邊熱鬧，但是離得遠；茶寮離得近了，但生意變少了又有人盯著，很是麻煩。

林悠悠只安心吃飯，享受著難得的豐盛美食，至於抉擇的問題，就讓劉家人自己煩惱吧！

今日，她終於做了心心念念的紅燒肉，還做了滷豬蹄，以後倒可以考慮做滷味來賣。

本來是打算做薯羹湯的，但今日買肉時，老闆搭了一根大骨頭，正好用蘿蔔熬了大骨蘿蔔湯。再清炒了白菜，涼拌了芹菜，一頓午飯就齊活兒了。

一頓飯完，劉老漢也沒定下來，就暫時先擱置了。

且走一步看一步吧，村長那邊還沒有結果出來，還沒有到最糟糕的情況，沒一定要立刻拿定主意。

但到了晚上，夜深人靜，劉老漢怎麼也睡不著，恨不得立刻天亮，好知道個結果來。又怕讓鄭氏發覺自己愁得睡不著，影響自己威信，就忍著翻來覆去，閉著眼睛躺在那裡一動不動地裝睡。

這般煎熬到了天亮，劉老漢差點爬不起來，這可是唬了鄭氏一跳。

鄭氏慌忙扶住劉老漢，生怕老頭子有個閃失。「老頭子沒事吧？別嚇我。」

劉老漢也沒想到全身這般難受，突然覺得自己年紀真的是大了，不再逞強，順著鄭氏的力道在床上坐下，緩了一會兒，覺得好多了才起來。

鄭氏擔憂，劉老漢卻堅持說自己沒事，依著時間去了村長家裡。

誰知老村長竟然病了，下不來床，本來要商量的事情就擱置了，這也不知道是好是壞。

劉老漢就回了家，發現家裡來了客人，是鄭氏的弟弟鄭剛。

鄭剛和鄭氏就差了三歲，也是年紀一大把了，此刻來訪，帶了小孫子過來。

小孫子叫驢蛋，今年五歲了，生得秀氣，膽子很小，一直躲在鄭剛身後，鄭氏給糖也哄不出來。

小舅子來了，劉老漢自然是要陪著坐一會兒的。

略坐了一會兒，鄭剛終於說明了來意。

他想讓劉老漢還錢。

當初劉家借錢買雞蛋，總共是四十兩，一半是跟村子裡的人借的，一半是和親戚朋友借的。其中就這個小舅子家借的最多，足足十五兩。

小舅子家主要是靠做貨郎賺錢，但也是辛苦錢，平日裡挑著個擔子走街串巷，去各個村子裡賣點針頭線腦小吃食的。

小舅子年紀大了就沒做了，如今做的是家裡的大兒子。

家裡種著田地，夠一家溫飽，再做著貨郎，幾十年的也攢了不少錢，估計少說也有三十兩，這才能一口氣借給劉家十五兩。

當時也是說了，他們家不急用錢，可先緩一緩，怎麼突然就急著要了？

劉老漢也不想欠錢，想把錢都還了，借錢的日子不好過，走到哪裡，都覺得矮人一頭。

但是，家裡現在真沒錢啊！這怎麼辦呢？

第十三章

劉老漢為難，但他一個男人，實在是說不出不還錢的話來。

倒是鄭氏，此時紅著眼睛問道：「小弟，怎麼突然要還錢，當時不是說好不急的嗎？我們也一直在努力賺錢，前幾日我和老頭子還商量著，最多半年，一定將錢還給你的。若不是周家那起子小人作祟，我們的錢也該還上了。」

鄭氏就鄭剛一個弟弟，姊弟兩個感情極好，聽到鄭氏的話，看著鄭氏發紅的眼睛，鄭剛要說話，卻覺得喉頭哽住了一般。緩和了一會兒，才終於哽咽著說了緣由。

原來是鄭剛家的小閨女鄭春草出了事。

鄭春草心靈手巧，生得也秀氣，是個好姑娘，最得鄭剛的寵愛，但是在婚事的運道上卻是差了幾分。

她一共訂了三次親。第一次訂的是縣裡頭的一個童生，那童生年紀輕輕就有了功名，生得也是斯文俊秀，偶然一次在街上見了鄭春草就念念不忘，找了媒人上門說親，兩家就訂了親事。但是男方在次年考中了秀才，就以八字不合將婚事給退了。

這對鄭家來說可謂是平白惹來一身腥，最後因為對方是秀才，也只能打落牙齒和血吞了。他們都是老實的莊家戶，哪裡鬥得過呢？而且女孩子名聲重要，事情鬧大了，對鄭春草不是好事。

第二次訂的是鎮上的徐家長子，徐家在鎮上有兩處宅子，一處自住，一處出租，還在榨油坊裡有分成，算是小富之家了；又是長子，這門婚事也是頂好的了。可也是訂了親不到三個月，即將成親的時候，又出事了。

徐家長子和寄居在家裡的遠房表妹酒後亂性，連孩子都有了。這門親事，自然也退了。一次兩次的，鄭家不能忍，帶人上門去鬧事。但那徐家也有門道，不知哪裡找了地痞混混來，將鄭家人反過來收拾了一頓。

這次，鄭家又只能打落牙齒和血吞。

經過前面兩次，鄭春草年紀已經不小，十八歲了。鄉下姑娘成親早的，十四歲就成親了，到了十八歲，鄭春草因為兩次退親、年紀不小，婚事已經很艱難，去年才有了第三次訂親。

這次訂的是村裡的一戶普通人家，男方家境還低於鄭家一些，但看著家境清白簡單，小夥子也是精神得很，山上田裡一把抓，勤快老實，日子慢慢會過好的。

這次，鄭家謹慎多了，認真打探了一番，確定男方和男方的家都沒啥問題才訂親。本來打算三個月後辦喜事的，結果，前幾日又出事了。

和鄭春草第一次訂親的秀才去年考上了舉人，如今又回來要納鄭春草為妾。

鄭家自然是不肯的，鄭春草也態度堅決，那人就去找鄭春草的未婚夫，許了銀錢。

這個未婚夫沒選錯，真的實誠，就是認定了鄭春草。那舉人大怒，兩方起了爭執，最後鄭春草的未婚夫被打斷了雙腿，傷得很嚴重，需要去府城治，而且要花很多銀子。

這件事情因為鄭春草而起，鄭家不能坐視不理，自然是要幫著籌錢。

兩家拼湊一番，還差一些，但治腿的時間可是拖不得，否則就影響以後走路了。所以，鄭剛沒有辦法，就來了劉家。

聽了這事，劉老漢也是感慨。

鄭氏更是直掉眼淚，她也心疼春草這個姪女，那是多麼乖巧善良的姑娘啊，怎麼偏偏就遇到這麼多事情呢？

「但是那田家的小子倒是個不錯的，對春草真是一心一意。」

不過，當務之急是籌錢。

劉老漢漲紅了臉，在他需要幫助的時候，小舅子二話不說就掏了一半家財。如今小舅子家遭了事情，不需要自己出錢，只是將借的錢還一些，這樣自己都拿不出錢來，實在是說不過去。

鄭氏知道自家難處，但看著弟弟白頭髮比上次多了不少，只覺得左右為難，在一旁抹淚。

林悠悠起了身，本來想出去院子裡透透氣的，可餘光看到劉老漢窘迫難受和鄭氏的眼淚，頓時腳步就有些挪不動了。

三個人都是老人家，頭髮都半白了，此刻坐在這裡為錢發愁。

好吧，就當作是行善積德，也許多做好事，可能哪天早上醒來就穿回現代了。

林悠悠走到劉老漢身邊，扯了扯劉老漢的袖子。

劉老漢轉過頭來，見是老四媳婦，很是奇怪。更奇怪的是，老四媳婦眼睛還一直眨，是眼睛不舒服？

好吧，不能指望劉老漢領會自己用眼睛傳達的意思。

「爹，我們前幾日不是得了個吃食方子？用那個方子換點銀錢，先解決眼前的困境吧！」

「啥吃食……」劉老漢就要問出口，卻感覺抓著自己袖子的手很是用力，止住了話頭，這下冷靜想了一下，略懂了幾分，一咬牙，對鄭剛道：「剛子，你先回去，這事情姊夫會想辦法的。」

「這……好，那就麻煩姊夫了。」鄭剛說不出不用為難的話來，因為田家那邊真的急等這筆錢。

鄭剛起身走了。

劉老漢忙看向林悠悠。「老四媳婦，我們哪裡有吃食方子？」

「韭菜盒子不是一個吃食？」

「要賣韭菜盒子的方子嗎？」劉老漢頓時面色變了。韭菜盒子生意好著呢，收入穩定，每個月能賺十幾兩銀子，這簡直是會下金蛋的母雞，怎麼捨得賣掉？

「把韭菜盒子的方子賣了，我們做其他的吃食。就賣鍋爐燒餅吧！」

「啥……鍋……啥燒餅？」劉老漢覺得自己的腦袋都不夠用了。

韭菜盒子的方子要拿出去賣，劉老漢及劉家人都捨不得，此刻確實沒有其他辦法，鄭家那邊急等著救命銀子。

因此第二日，劉老漢就和林悠悠早早出發，去了鎮上。

一到鎮上，劉老漢就停了腳步。林悠悠也跟著停了。「爹？」

劉老漢目光微紅，感慨道：「老四媳婦，爹也不知道該說些什麼好，委屈妳了。若不是有妳，劉家不知道會如何……」

「爹，一家人不說兩家話，這些都是兒媳應該做的。不要說這些，太見外了。我已經是劉家的媳婦，劉家好，我才會好。」

她也是感謝劉彥和劉家的，給了自己一個棲身之所。所以，她做這些也是應該的。

兩人繼續趕路，往如意飯館而去。

韭菜盒子的方子，第一個自然是考慮賣給如意飯館的湯九了。

目前為止，湯九為人算是公道，合作一直也進行得很好，若是價錢合適，自然是賣給湯九了。

一路走去，劉老漢的情緒都很是低落。

正走著呢，卻是被人扯了下袖子。「爹，等等。」

聽到林悠悠的話，劉老漢就停了步子，轉過頭，就見她停在一個氣派的宅子門口，正站在那裡看牆上貼的一個告示。

劉老漢只識得幾個字，告示的內容看不懂，只認得其中個把字。

「老四媳婦？那上面寫什麼？」

林悠悠抬頭看了看宅子。上面有個牌匾，刻著「徐府」二字。

她沒有立刻回答劉老漢的問題，反而問道：「爹，上次周家說幫忙牽線賣雞蛋的鎮上徐員外家，是不是這家？」

劉老漢回過神來，認真端詳了一下眼前的宅子，看了下周圍，確定了位置，點點頭。「是這家。」

劉家本來不至於這麼難，若不是周家使壞，他們何至於到這般難堪的境地？劉老漢狠狠壓了壓心底的鬱氣，只怪自己當初眼瞎，救了這家子白眼狼。

「告示上說三日後就是徐員外的生辰，出賞金尋求新奇喜慶的糕點。」

林悠悠大概說了下告示上的內容。

劉老漢聽過也就算了。「那徐員外家好幾代都是做生意的，據說在府城都有生意，地也很多，過個生辰都能搞這麼多花樣。」

「爹，我想到了一種糕點。」

生辰嘛，她做一個小蛋糕，既得了賞金，還能將家裡的雞蛋都用上。這是一舉兩得的好事，也不用賣韭菜盒子的方子了。

雖然她不覺得賣一個韭菜盒子的方子有什麼，就跟賣一個饅頭差不多，但看劉家全家難受得跟要賣房子一般，如今倒有更好的辦法了。

而且，她也想吃蛋糕了，那種鬆軟香甜的，想吃。

劉老漢就愣了一下。「新的糕點？」

「嗯。」林悠悠話語落下，就上前去敲門了。劉老漢忙跟上。

大門立刻就被打開了，走出來一個鬍子半白、衣裳八成新的老漢。老漢先是上下打量了兩人，然後道：「可是為了那告示而來？」

自從告示貼出去，時常有人過來自薦，都說是新奇的好吃糕點，但做出來的都是尋常之物，就像昨天下午來了一個老大娘，竟然做了白糖饅頭，就是味道更甜一些，哪裡算是新奇沒見過的？

林悠悠也不惱，道：「正是。」

「那跟我進來吧。」

林悠悠和劉老漢就跟著那守門老漢進去了。路上，兩人也知道了這老漢姓曾。

曾老頭將兩人帶到了廚房，跟廚房管事說了一下這兩人是來試做新奇糕點的，廚房的管事呂大娘點點頭，曾老頭就走了。

呂大娘忙著呢，今日府上來了客人，老爺說要做些新鮮吃食送過去，她這會兒正在思索要做的菜式呢，就招了一個打雜的小丫頭，讓小丫頭接待林悠悠二人。

小丫頭帶著林悠悠和劉老漢到了角落的一個案桌前，問道：「兩位需要準備什麼材料？」

「我要雞蛋、麵粉、白糖、菜油。」

聽到這個，小丫頭眼睛瞪大了一些。菜油難得，可是比豬油還貴的。這兩人竟然要菜油，也不知道能做出個什麼東西？

「怎麼，這些材料沒有嗎？」

「有、有的。」

雖然林悠悠語氣溫和，但小丫頭聽出了嘲諷。這要是說沒有，那徐家的名聲還要不要了？徐家可是鎮上首富，就是在縣城裡也是排得上名號的。

小丫頭將材料都拿了過來。

劉老漢緊張地搓了搓手，道：「老四媳婦呀，老頭子我給妳打下手，要怎麼弄，妳儘管說。」

早知道應該讓老婆子跟著來，或是再帶其他兒媳婦一起來，不然，待會兒他怕自己耽誤了老四媳婦的事。

「還真有事情需要爹呢。」

這裡沒有打蛋器，全靠人工，可是需要不少力氣。林悠悠就將打發蛋白這個活兒給了劉老漢，劉老漢也不多問，一手拿著一個大碗，一手拿著筷子在那裡打。

然後，廚房裡都是劉老漢打蛋的嗒嗒嗒聲響，有人好奇地轉過頭去，見是在打蛋就沒多看了。

鄉下人就是鄉下人，蛋多打一會兒能變成金蛋不成？呂大娘搖了搖頭，繼續忙自己的。

半個時辰後，一股濃郁、特別，以前從來沒聞過的甜香傳來，廚房的人都忍不住悄悄吸了吸鼻子。

呂大娘順著香味看了過去，就看是那兩個鄉下人從鍋裡拿出來一個大碗，裡面是微黃的糕點。香味正是從這剛做好的糕點上傳來的。

呂大娘放下了手中的活計，走了過去。

林悠悠見到她，就比了個邀請的姿勢。「大娘請嘗嘗。」

呂大娘從中切了一角，咬了一口。頓時，那種從未體驗過的鬆軟口感湧上，味道也是極好。

呂大娘一邊吃，一邊忍不住看林悠悠。

她剛才也看過幾次，知道這糕點主要是眼前這個小婦人做的，旁邊這老漢，主要是打下手的。

「大娘，這個糕點可是符合要求？」林悠悠笑著問道。

這個呂大娘作不了主，還得老爺作主，就將糕點切了幾塊用碟子裝了，讓人送去給老爺品嘗。

前面也是這般，先過了呂大娘這關。呂大娘覺得好的，才會送去給徐老爺做最後的定奪。

糕點被送去了前面，很快就有了回應，老爺想要見見做糕點的人。

林悠悠和劉老漢跟著下人去了前廳，卻看到了一個意想不到的人。

劉彥怎麼在這裡？而且，還是徐老爺的座上賓！

第十四章

劉彥今日是跟著書院的先生一起過來，還有書院另外五名學生，全都是書院的佼佼者，這次縣試下場，有希望能夠獲得名次的。

先生叫林知秋，和徐員外乃是好友，因此徐員外邀請林先生過來吃飯，順便帶上得意門生。

誰知道，今年林先生的得意門生還不少。往年要不就沒有入眼的，一個沒帶，要不然最多也就帶三個，此次竟然帶了六個，實在是難得。

宴席還沒開始，只是先上了點心茶水，恰巧聽下人稟報，說有人拿了新鮮的吃食過來，就試了試，竟然意外好吃，也合心意。

他年紀大了，三日後要辦的是六十歲生辰，吃這鬆軟的糕點，覺得合適，才讓人叫來前廳說話。

徐員外見了這兩人，猜測可能是父女，正要開口問，旁邊林知秋的學生中就站起了一個少年，驚詫道：「爹、娘子，你們怎麼在這裡？」

徐員外面上當即也出現了詫異。站起來的是林知秋的學生，叫劉彥，年紀輕輕的，就很得林知秋的喜歡，長相也頗為清俊。

徐員外原本還想著，若是未曾婚配，此次下場能得功名，還想著姪女可以許配此人。不承想，竟然已經娶妻了。

這般，徐員外就去看林悠悠。

見對方身著簡單的粗布衣裳，容貌生得清麗，一雙眼眸清亮有神，看著倒不像是鄉下那些愚鈍婦人，兩人倒是也相配。

此時，劉彥已經走到了林悠悠和劉老漢面前。

劉老漢看到兒子，再看到一桌子的人，其中還有兒子的先生，頓時侷促不已。

「我和你媳婦來做糕點的，就是門口貼著告示，說要新奇好吃的糕點，我們就來了。」

雖然表達得不是很清晰，但劉彥聽懂了。

「我和先生及幾位同窗，受徐員外邀請，前來做客。」他也簡單說了下這邊的情況。

「劉兄，這是你父親和娘子呀？久聞不如見面，你娘子果然姿容不俗，難怪差點成為舉人老爺的兒媳，如今倒是讓劉兄你占了便宜。」

安靜的氛圍之中，猛然來了一個帶笑的聲音。

說話的是林知秋其中一個學生徐遠舟，也是徐員外的姪子。他素來傲氣，自認是書院第一又家世好，看不上其他人。

其中，他一直很看不慣劉彥，此刻，可算是找到了機會，頓時諷刺上了。

「遠舟！」徐員外沈了沈臉色。

徐遠舟卻是不怕。他是徐家這輩最有前途的子孫，也是年齡最小的，是徐老太爺和徐老太太的心肝寶貝，自然是養成了天不怕地不怕的性子。

林知秋見此，也不作聲。

這些是學生們的事情，兩人學識都好，究竟誰能走更遠，都不好說。他不多摻和兩人之間的事情，免得吃力不討好，或者免得看走眼了。

「伯父，我沒有惡意，就是說笑而已。劉彥，你知道我一向心直口快，不要介意。」

徐遠舟一直都是這樣，想說什麼就說什麼，最後再來句心直口快，就想讓人打落牙齒和血吞。

若是平日裡，劉彥就忍了。

他知道家裡供自己讀書不易，能忍的也就忍了，那些都是小道，不該分散他的精力，平日裡當對方的話是無關痛癢的風，吹過就是。

但此刻，劉彥竟然覺得有些忍不了。

他悄悄看了林悠悠一眼，見對方面色如常，不知怎的，微提著的心就放下了一些。

他想，畢竟林氏是自己的妻子。別人如此說自己的妻子，是個男人都該生氣的。

就是這樣，並沒有其他什麼。

他正了正臉色，看向徐遠舟，聲音冷沈道：「徐遠舟，慎言。如此言說，長舌乎？」

明明是冷冷淡淡的語氣，但那長舌乎，卻是聽出了濃濃的諷刺意味。

徐遠舟自然聽得懂，對方在說他像是長舌婦一般。他怒極，自然是要找回面子，抬起頭來，卻是面色一滯。

劉彥此刻面上神色沈著，只那雙眼睛幽黑深邃，帶著幽光，泛著細碎的冰，有些讓人心底犯怵。

徐遠舟氣息一頓，反應過來，越發惱怒，當即也嘩啦一下起身，就要與其理論。

這個時候，徐員外卻是伸手拉住了徐遠舟。「注意你的言行舉止，不夠丟人嗎？」

當面被長輩這樣指責，徐遠舟頓時覺得面子掛不住。

這時候，林知秋知道自己這個先生此時再不站出來，未免太說不過去了，也起了身。

他拍了拍徐遠舟的手背，笑著道：「遠舟，不必如此生氣，劉彥也是與你開玩笑罷了。」

安撫好徐遠舟，林知秋又看向劉彥。「劉彥，遠舟素來心直口快，你不要生氣，給老師一個面子，此事就此揭過可好？」

看似是各打三十大板，實際卻是偏向徐遠舟的。

此事本就是徐遠舟不對，挑釁在先，但林知秋卻不覺得，他覺得自己已經算是對劉彥很好了。畢竟徐遠舟學識不比劉彥差，家世又好，未來可期，劉彥樹一個這樣的敵人，不是好事。

正在這時，林悠悠含笑的聲音傳來。

「沒想到徐府規矩如此大，那麼，之前告示上就應該提及，不僅要會做新奇糕點，味道要好，還需要經過貴府之人的挑剔諷刺才是。不然，這突然來這一齣，小婦人差點以為進了哪裡，站在這裡就成了錯，被人如此品頭論足。」

這話，瞬間讓徐員外漲紅了臉。

此事確實是他們徐府的錯，人家應了告示上門做糕點，還被這樣對待，確實該動怒。

他正要道歉，稍微被安撫住、本來還有些氣不順的徐遠舟，頓時就跳了出來。「妳個小婦人，倒是牙尖嘴利。怎麼著，妳以為妳真就是舉人的兒媳婦嗎？」

「我是牙尖嘴利，那公子呢？嘴碎長舌很是適合你。」

「妳個……」

徐遠舟正要罵出難聽話的時候，劉彥已經大步走到徐遠舟身邊。

他伸出手，狠狠捏住徐遠舟的胳膊。

劉彥雖然是書生，但每次回家都會幫忙幹活，所以看著瘦，力氣卻是不小的。

徐遠舟被這一捏，頓時疼得冒冷汗，話都說不索利了。「你……你……」

「遠舟！」徐員外頓時緊張不已。考試在即，手可是很重要的。

「他無事。明日就能恢復如常。」劉彥面無表情地說著。

徐員外就讓下人將徐遠舟送了出去，交代請個大夫看看。

不過，徐員外覺得，合該給這個驕縱妄為的姪子一個教訓才是。

徐遠舟被送了出去，氣氛瞬間有些尷尬。劉彥就藉口送父親妻子回家為由，先行告辭了。徐員外也不好多留。

三人出了徐府，劉老漢還回頭看了一眼，低低罵了一聲。「還大戶人家，還讀書人呢，呸！」

林悠悠突然覺得一點也不生氣了。

她在這裡，並不是孤獨一人的。

這下賣不了蛋糕，那還是按照原計劃去如意酒樓賣韭菜盒子的方子了。

因為剛才的事，劉彥和劉老漢面上神色依舊不好，路上也沒有說話，這就到了如意酒樓。

掌櫃湯九正在櫃檯前撥算盤，一眼瞧見三人，停了手上的動作，笑著迎了出來。「今兒個可真是好天，劉老哥和姪媳婦來了呀！快裡面請坐。來財，快上茶水和點心。」

聽到點心，林悠悠神色一動。

她環視一圈，看了看如意酒樓的格局，只見這個酒樓比對面的吉祥酒樓還要大一些，旁邊劈出一個窗不是難事，也不影響什麼。

林悠悠心裡頓時有了主意。

三人隨著湯九上了二樓，去了雅間坐下。

此刻剛到飯點，客人正稀稀拉拉地來，三間雅間也還沒有人預訂。

劉老漢還是第一次來雅間，本來想說不用了，但想著是來賣方子的，在外面說話被人聽去也不好，就沒出聲了。

幾人在雅間坐下，小二送來茶水和點心。

點心有鹹口和甜口各一種，鹹口的是小籠包，甜口的是綠豆糕。

在劉老漢看來，這做得已經很漂亮了，跟朵花似的。但在林悠悠看來，卻依舊粗糙。

林悠悠嘗了一個小籠包，味道還可以。綠豆糕卻是有些過於甜了，吃了一個便膩了。

她放下筷子，喝了一口茶水，才感覺剛才的甜膩感散去。

她抬眼看了看，劉老漢正在慢慢吃著小籠包。

劉彥則是慢慢喝茶，眉目之間神色淡淡的，看不出來心情變好沒有。

「掌櫃的，能否借廚房一用？」

得把成品拿出來，否則光靠說的，也談不出來什麼。食物嘛，還是得用味道說話。

聽了此話，湯九當即眼前一亮，連忙親自帶了林悠悠去。

看來這個小婦人又要做不一樣的吃食了，他很是期待。

韭菜盒子可是好賣得很，也帶動了如意酒樓的生意，因此他才會對這家人客氣，禮遇有加。畢竟拿出了韭菜盒子，誰知道還會不會有其他的呢？交好總是不虧的。

劉老漢以為林悠悠是要去做韭菜盒子，也沒多想，就老實地坐著等了。劉彥倒是起身，跟在後面一起去。

湯九注意到了，也只是露出笑意來。想著人家小夫妻感情好，要守著也是能理解的。

林悠悠卻覺得奇怪，轉頭去看劉彥。這人為什麼跟著？應該是怕自己再招蜂引蝶，做出什麼令他蒙羞的事情，所以跟著？好吧，愛跟就跟。

但到底，林悠悠心裡有幾分不被信任的不悅。

算了，他們如今就是合作關係，以後就分道揚鑣了，別強求太多。

調整一番，她的心情又變得淡然了。

劉彥只覺得女人真是難懂，一會兒生氣，一會兒又不生氣的，雖然沒有表現出來，但是他還是細微地感受到了。

當然，他也覺得自己不懂自己了。自己為什麼會跟著來？當時就是看到她起身，他就下意識的也起身跟著了。

到了廚房，林悠悠就要了雞蛋麵粉，隨口問了一句。「有牛奶嗎？」

「沒有。但有羊奶。」誰知道湯九卻是來了這樣一句。

林悠悠頓時眼眸睜大。「羊奶多嗎？」

量夠的話，能做的可就多了。可以做更鮮美的蛋糕，可以做奶茶！

「可以得到不少量。」

得到湯九肯定的回答，林悠悠雙眼一亮。那就好，她可以大展身手了！

她笑盈盈地對湯九說道：「那煩勞湯掌櫃幫忙拿點羊奶過來。」

湯九連忙應下，轉身出去吩咐下人去取。

城外有處莊子是徐員外家的產業，養了很多羊，做的主要是羊肉生意。羊奶腥羶味重，沒人吃，據說那裡的羊奶每日都被倒掉。

雖然可惜，但實在沒人吃，若是這羊奶能有用途，那倒是好事。一來羊奶不會浪費，二來也是新奇吃食了。

他很期待，期待劉家的這個小婦人能做出個什麼吃食來。

下人騎了騾子，很快就取了羊奶來。其間，林悠悠也沒有閒著，而是先做其他準備工作。待羊奶到了，她就將前面準備好的茶葉包放入羊奶中一起煮。

半盞茶功夫，整個廚房就被濃郁的奶香縈繞了，聞著都覺得舒服，帶著甜。

湯九原本是在雅間招待劉老漢，不然就是在大堂招待客人，這會兒也進來了，實在是香味誘人。

「可是做好了？」湯九湊到林悠悠身邊。

另一邊的劉彥當即狠狠皺了皺眉。這個湯掌櫃，看著可真讓人難受，問話就問話，有必要湊這麼近嗎？

劉彥的目光跟刀子一樣，湯九想感受不到都不成。他抬起頭去看劉彥，卻見對方的目光已經移開了。

難道不是看自己？這般想著，他就繼續湊向林悠悠。

然後，那刀子般的目光又來了。

湯九似乎有些懂了，退後幾步。好吧，這是個醋罈子，惹不起，惹不起。

此刻，加了羊奶的蛋糕已經做好了，奶茶也煮好了。

條件有限，蛋糕是用蒸的，待會兒她可以提議做個簡易版的麵包爐或是烤箱，那樣不僅做出來的蛋糕更好吃，還能做更多糕點麵包。

蛋糕用刀切成一塊一塊，用兩個碟子裝了。奶茶則是拿碗裝了六、七碗。

做好後，湯九親自上前，一手一碟，拿了兩碟蛋糕走了，夥計也幫忙將奶茶用托盤端走了。

重新回到雅間，劉老漢依舊端正坐在那裡。看到林悠悠和劉彥回來了，他明顯放鬆了一些。

「大家先嘗嘗，嘗完再說事情。」林悠悠招呼大家先吃東西。

大家就各自拿了一塊蛋糕及一碗奶茶。

劉彥似乎不喜歡甜食，蛋糕吃得很慢，奶茶喝了一口，輕輕皺眉，就沒再端起來。

這人毛病可真多，不能吃辣，不愛吃甜食，酸甜苦辣，他兩樣不吃，那只能吃酸吃苦了。

好吧，也怪可憐的，很多美食都不能吃，人生都沒那麼快樂了。

察覺到林悠悠的視線，劉彥看過來，就看到她略帶憐憫的目光，納悶不已。
「好，兩樣都很好！你們想要什麼條件，儘管說來，合理的我都儘量答應。」

第十五章

一個誠心想買，一個誠心想賣，因此合作談得很順利。

這次，林悠悠卻是沒有直接將兩個方子賣掉，而是談分成。因為她不只想做蛋糕和奶茶這兩樣甜點和飲品，還想做更多，還是分成合作更合心意。

湯九略微猶豫了一下就同意了。

「我還希望貴酒樓能夠答應我們一個不情之請。」

劉家三分利，如意酒樓七分利談妥了，接著就是一些細枝末節的，倒是更容易了些。

「請說。」

湯九也看出來了，這些事情拿主意的竟然是一個小婦人，在場的無論是其公公或是夫君，都是默認和支持。

「我們劉家因為遭對面周家誆騙，積壓了一批雞蛋，大概還剩下三千五百個雞蛋，希望貴酒樓能夠吃下。既然走了分成，那韭菜盒子也一併納入吧。韭菜盒子和蛋糕都需要用到雞蛋，只要賣得不錯的話，這些雞蛋不出半個月就能賣掉。我們也知道這個請求有些為難人，但是如今劉家急需銀子，也沒有其他辦法了，望湯掌櫃能夠通融。」

「可以。」三千多個雞蛋而已，不算難事。

見對方答應得這樣爽快，林悠悠倒是有幾分不好意思了。

各項細節都敲定了，接著就是要立契約，雙方按上手印，就算是合作成了。

畢竟是比較正式的分成，不像前面供貨韭菜盒子，一手交錢一手交貨，只是口頭約定就行，立下契約，更加穩妥。

湯九本來要去找人來寫這份契約，劉彥卻是接了這個活兒。

湯九原還有些拿捏不準，待看了劉彥寫出來的內容，再沒二話。

字寫得好看不說，內容也是條理清晰，面面俱到，不論是對劉家，對如意酒樓，都是公平公正的。

兩方都看過了，確認沒有問題，分別按上手印，這個合作就定下來了。

這個時候也已經過了午飯，湯九就邀請三人留下吃個便飯。

劉老漢沒下過館子，覺得太過破費，是不肯的，但湯九話說得漂亮。「哪裡會差這一頓飯？如今兩家是合作關係，劉家也算是如意酒樓的一個東家呢，東家在自家酒樓吃頓飯，就跟在自己家裡吃飯一樣，不用見外的。劉老哥堅持不肯，可是看不上酒樓的飯菜？也是，劉老哥你家兒媳婦手藝這般好，怕是飯菜也做得好，自然看不上我們這邊的粗茶淡飯了。」

這話說的，劉老漢頓時就急了。「這說的哪裡的話，小老兒哪裡會嫌棄，高興還來不及。既然這樣，那小老兒就厚著臉皮留下來了。」

湯九就笑著讓人下去準備飯菜了。

飯菜頗為豐盛，有魚有肉，還上了一壺酒。

林悠悠不喝酒。如今的身體，她不清楚酒量好不好，還是不要喝醉的好。她必須時刻保持清醒。

劉彥也不喝酒，他待會兒還要回書院。幾日後就是縣試，明日要與書院同窗一起啟程，正是緊要時刻。

湯九也不勉強，就他和劉老漢兩人喝上幾杯，也當是慶祝兩家達成合作。

見兩人說得高興，林悠悠就說了自己的建議。「這蛋糕和奶茶可以在旁邊開個窗戶賣，這樣能夠賣給更多的人。」

原本有些微醺的湯九，一下子就清醒了，忙端正了身子，認真問道：「還請解惑。」

「就在那個位置打個窗戶，外面貼上牌子，找個擅畫的工匠，在外面畫上好看的圖案，比如糕點和奶茶的樣子，自然就能吸引人了。可以先從酒樓裡面做宣傳，每桌送上一碟子小塊的蛋糕，一小壺奶茶，讓大家先試。這樣等正式開始賣的時候，口碑就出來了。

「當然，蛋糕奶茶這一類定然是婦人及家裡的老人小孩更愛吃的，還可以做了好看的小籃子、小紙盒裝一些，讓客人帶回家中，當作是小禮物。這樣既能讓大家對如意酒樓的印象更好，也能將蛋糕和奶茶更快推出去。」

湯九一邊聽，一邊點頭，將之記在心頭，越發高看眼前這個小婦人。

這劉家可真是好福氣，雖然前面倒楣，但是有了這樣能幹、心思玲瓏的兒媳婦，還怕劉家不會起來嗎？

想到此處，又忍不住抬眼看了林悠悠一眼，眼中滿是讚賞之意。

然後，他又感受到那熟悉的視線了。

瞧把人家夫君給緊張的，不過家裡有這樣一個長相秀麗又能幹的妻子，會緊張幾分也是應該的。

湯九就對著劉彥露出一個理解的表情。

劉彥收回目光，不予理會。他沒有其他意思，反正一個男子就不該盯著他人的妻子看。就是這般，他沒有其他心思。

湯九高興，又讓小二上了一壺酒讓劉老漢一起喝。

劉老漢受了感染，也不自覺喝得多了些。

等到出了如意酒樓，劉老漢整個人都有些搖搖晃晃，人已經半醉了。

這種情況，劉彥自然不可能讓劉老漢和林悠悠兩個人回家了。

他決定將兩人送回去，自己再折返回來。

走出如意酒樓一段距離後，劉老漢卻突然掏出一串銅板，大概有三十多文給林悠悠，豪邁揮手道：「老四媳婦，拿去買點好的，回家整治一桌，晚上我們也慶祝一下！」

「好。」林悠悠頓時眉開眼笑。

雖然剛才在如意酒樓已經吃了一頓好的，但做出來的味道，她不滿意。這下可以自己挑選食材，自己親手做，那必須整治出一桌盛世美食呀！

林悠悠笑咪咪接過劉老漢手中的錢。「你們先回去吧，我去菜市場轉轉。」

交代完，她轉身歡快地去了。

有錢的感覺真好，她得買點排骨，再買一條大魚，再讓老闆搭兩根大骨。豆腐也買一點，黃豆也買點，自己回去發豆芽吃。

看到有賣兔子的，十五文一隻，林悠悠咬牙買了。雖然有點貴，但是兔子可遇不可求呀，誰知道下次什麼時候才能再遇上有人賣兔子。

就這樣，銀錢都花完了。乾乾淨淨，這錢可真是不經花，不過，看著手上拎著的東西，林悠悠頓時開心地彎了彎眉眼。

她瞬間就在腦子裡面想好菜單：糖醋排骨、紅燒兔肉、魚頭豆腐湯、酸菜魚。

上次做的泡菜酸蘿蔔已經好些日子了，可以吃了，待會兒回去就拆一罈，想想那酸爽的味道，林悠悠頓時覺得身上有了力氣，走路都生風一般。

「悠妹。」

這個稱呼怎麼這麼充滿古早味，又這麼耳熟？林悠悠一邊腳不停地繼續走，一邊在心裡想著。

突然間，她頓住了腳步。這不是那封情書上的稱呼嗎？那麼，這個聲音的主人是陳德中！

這時候，人也已經追了上來。

林悠悠抬眸一看，確實是那令人倒楣的陳德中。

原主沾上他，可是倒楣了一輩子。先是因為有他這個未婚夫，被繼母和繼妹當作眼中釘肉中刺，沒少下絆子。後來被推入河中，那時候如果不是劉彥，原身都不知道會嫁給一個什麼樣的人。

這還不算，後來陳德中吃著碗裡的還想著鍋裡的，竟然又來勾引原身，才會有原身後面那淒慘的下場。所以，這陳德中簡直是個瘟神啊！

林悠悠忙快步走了起來。

陳德中卻是緊追不捨，也在後面跟著。

這個身體原來也沒怎麼幹活，跑幾步就喘得很，這會兒，林悠悠就扶在巷口的牆上，輕輕喘著。氣息還沒喘勻呢，那瘟神就追了上來。

陳德中笑盈盈走近過來。「悠妹，我就說我們緣分不淺吧！」

「那你當初怎麼不堅持娶我？」

林悠悠跑累了。這光天化日之下的，諒這王八蛋也不敢做什麼。她的手也悄悄握著剛才讓老闆給的大骨頭，心裡已經打算好了，一言不合，就給這瘟神一個大骨。

陳德中頓時露出了不忍的神色。「當時柔柔看到妳落水，驚嚇過度，險些跌倒，我就順手扶了一下。誰知道天意弄人，她就跌入我懷中。我若是不娶她，她就要沒命了呀！悠妹，妳最是善良，應該能夠理解我的苦心吧？」

話語落下，陳德中就一臉深情地看著林悠悠，彷彿依舊對其癡情不悔一般。

林悠悠卻是覺得心情都不好了。果然不能夠指望從畜生嘴裡聽到人話。

她捏住大骨，準備掄對方腦袋上，讓他醒醒神，別說廢話，卻感覺一股涼涼的視線落在自己身上。

抬頭看，就見劉彥正站在不遠處，看著這裡。

林悠悠莫名有點心虛。上次才讓劉彥看到情書，這會兒又讓他看到自己和這人站在一起，會不會誤會他們在私會？那可不行，好不容才讓劉彥不趕自己走，哪裡能讓這混蛋給破壞了。

林悠悠看了看陳德中，陳德中依舊滿臉深情。她一咬牙，握著大骨就掄過去了。

「啊！」一聲淒厲的慘叫響徹了巷子。

劉彥素來淡定的面容也是瞬間沒了，眼睛瞪大。他這下真的信了，林悠悠和陳德中沒有私情，否則哪裡捨得那樣敲下去。

只見陳德中身子狠狠晃了下，就暈倒在地上。

林悠悠嚇了一跳。不會自己打太重，把人給打死了吧？忙無助地看向劉彥。

劉彥走到她身邊，蹲下身查看陳德中，探了探鼻息，還有氣。沒死就好，反正她是自衛。

林悠悠蹲下身來，伸出手，指甲狠狠戳向對方的人中。

「啊——」殺豬一般的聲音響起，陳德中驚醒了過來，頓時只覺得頭暈目眩，腦袋疼得厲害。

他晃晃悠悠地站起來，看到林悠悠，想起了前面發生的事情。

「妳！」

看陳德中伸手指著自己，林悠悠水靈靈的大眼睛一瞪，一股母老虎的氣勢傾洩而出。

「看什麼看，你腦袋不疼嗎？」

「妳個潑婦！活該嫁個泥腿子！」

陳德中也拿林悠悠沒有辦法，這事扯起來總歸不好看，而且林悠悠曾經是自己的未婚妻，如今是妻姊，也奈何不了她。他馬上要參加縣試，讀書人還是要名聲的，不想弄得太難看。

這樣的情況下，陳德中此刻自然是過過嘴癮了。

林悠悠看到陳德中惱羞成怒，也不怵半分，冷冷道：「你個禽獸不如的東西。沒嫁給你才是我此生最大的幸運。能夠嫁給劉彥，是我此生最正確的決定。劉彥比你優秀一百倍，不對，你這樣的渣滓，根本不配和劉彥相提並論。」

這話將陳德中氣了個倒仰。

「一個鄉下泥腿子罷了，讀了幾頁書，就以為自己了不得了！林悠悠，妳且看著，看我如何考上童生、秀才、舉人，延續我們陳家的榮光；也看著妳選的這個夫君，如何被我踩在泥裡！哼！」

陳德中放完話，轉身怒氣沖沖地走了。

林悠悠卻是笑了。這個傻子，還延續陳家的榮光，他怕是要成為陳家的罪人。還看不起劉彥，劉彥可是將來連中六元、名動天下的狀元郎，後面更是封侯拜相，權傾朝野，不搞好關係還放狠話，簡直是嫌棄自己的日子太好過，不想活了。

林悠悠收起思緒，轉過頭去，就看到劉彥正看著自己，那雙黑亮的眼睛裡有一簇小火苗在跳動。

林悠悠後退一步。「你這樣看我做什麼？」

「妳像是變了一個人一樣。」

這話落入林悠悠耳中，她的心跳都跟著漏了一拍。難道被對方看出來了？不，她的身體是貨真價實的。至於靈魂，來個得道高僧，她再來思考害怕被看出端倪的問題。

「我大徹大悟了不行？」林悠悠理直氣壯地回答。

「這樣很好。」劉彥卻是說了這樣一句。

「嗯？」林悠悠奇怪，卻見劉彥已經轉身走了，她忙跟上。

在林悠悠看不到的地方，劉彥罕見地露出個笑意來。

原來不僅伶牙俐齒，愛強詞奪理，還性子彪悍，真是不好惹。

之前劉老漢碰到了熟人，和人蹲在樹下聊天，將他趕來找林悠悠。兩人回去的時候，劉老漢和朋友也聊完了，這就告辭，過來會合。

劉老漢這會兒倒是清醒了很多，自己也能走得穩。他看林悠悠手上提著好些東西，頓時沒好氣地看向劉彥。「我說你這娃，怎麼那麼不懂事，沒看你娘子手上提著這麼多東西，也不知道幫忙下。」

這要不是他最疼愛的小兒子，他就上腳踹了。

劉彥被劉老漢說了也不惱，反而認真點頭，然後伸手奪走了林悠悠手上的東西。

林悠悠也沒在這種小事情上和對方爭執，她還樂得輕鬆呢。

三人這就走回了劉家。

鄭氏早就等著了，看林悠悠買了這麼多吃的，頓時一拍大腿。「這是有好事呀！」按照老頭子的脾氣，定然是有好事值得慶祝，才會給老四媳婦銀錢去買吃的。

劉老漢先是開心地哈哈一笑，然後將和如意酒樓的合作說了一下。

這下，全家都震驚了。他們竟然和如意酒樓分利，這是以前可不敢想的事情。

「老大、老二明天和我一起，將家裡的雞蛋都拉去如意酒樓。到時候銀錢結算過來，就先將家裡的債給還了。」

顯然劉家人都是這麼想的，紛紛點頭，臉上都露出喜色。

晚飯自然豐盛，魚頭豆腐湯、紅燒兔肉、大骨蘿蔔湯、糖醋排骨、清炒白菜、酸菜魚。主食是手擀麵，麵條嚼勁，大骨湯濃，相得益彰。這一頓，自然又是被掃蕩一空。

劉彥本來打算要趕回書院的，結果被鄭氏留下來吃了晚飯，那自然是要歇一晚，明天早上再趕早去了。

劉彥今日也吃得很飽，不僅是身體上的飽腹，心裡上也有一種滿足。

他似乎終於明白家人那種饜足神情的感受了，好吃的食物真的能讓人感覺飄飄欲仙，幸福踏實。

今日當真是累得很，一大早就趕去鎮上，又經歷了不少事情，做蛋糕就做了兩回了，最後也是走回來的。林悠悠覺得困頓得很，因此早早就洗漱好，回房在床上躺著了。

劉彥進來的時候，就看到林悠悠已經在床上躺平了。他脫下外衣，身著裡衣，也上了床，在她身畔躺下。

房間安靜得很，只聽見兩人的呼吸。

劉彥袖子下的指尖輕輕動了動，有種異樣的滋味。明明不是第一次這樣睡，此刻卻是覺得心裡莫名的緊張，還有淡淡的雀躍。

「妳睡了嗎？」劉彥輕聲問著。

此時此刻，他就想說點什麼。否則，他覺得自己睡不著。

「還沒。」林悠悠是累，只想躺著，但是這麼早睡，還是睡不著的。

「那我們說會兒話吧。」

反正也睡不著，林悠悠便回應道：「好。」

然後就沒有下文了……

莫非是睡著了？她轉頭去看，就見劉彥也正看著自己，臉上有著以前沒見過的羞澀。

「你怎麼了？」林悠悠關切地問了一句。

劉彥耳根悄悄紅了。

他就想和林悠悠說話，卻不知道說些什麼。他從來沒有遇過這樣的情況，隨便說點什麼都好啊，怎麼會說不出來呢？

算了，隨便說點什麼，沒有什麼不妥的。

「說說妳和妳妹妹的事情吧。」說完，劉彥就想起來，這個妹妹並不是親妹妹，而是繼母帶過來的妹妹。「對了妳做菜真好吃，怎麼做到的？」他忙換了個問題，心裡想著，對方大概會說很喜歡做菜，自己就誇讚對方一下，應該能夠聊得很愉快的。

林悠悠卻是面色一變。她在腦子裡想了想，原身雖然也會做菜，做的菜卻是一般，這劉彥難道看出了什麼？

前面在巷子裡，還說自己像是變了一個人一樣。這是在試探自己？

「我睏了，要睡覺了，你要是想聊天，就出去看看還有沒有人沒睡陪你聊天的。」

話落，她轉身，將個後腦勺對著劉彥。

劉彥莫名其妙，明明他很認真地想要聊天來著，結果就只說了兩句話。到底是哪裡的問題呢？

他鬱悶得更睡不著了，最後只能背書了。

一本《論語》背完，還是不想睡，然後繼續背《孟子》，總算是睡著了。

第十六章

次日，劉家人都起得很早，要將雞蛋運送到如意酒樓去。雞蛋換了錢，就能將村子裡面和親戚借的錢還掉，想想都覺得振奮人心。因此天還沒亮，鄭氏就起來做早飯，讓家裡的大老爺們早點吃完飯，和村子裡的富戶羅家借了牛車，好去送雞蛋換錢。

剛好，早上劉彥要去書院，也一起坐牛車去。

林悠悠就不去了，她準備在家裡畫鍋爐燒餅的鍋爐圖。這個燒餅和饅頭包子不同，饅頭包子涼了，口感變硬不好吃。但這個小肉餅做得好的話，涼了也別有風味，依舊酥脆好吃。

昨天可能是太累了，晚上睡得好，早上起遲了。林悠悠打著哈欠出房門，鄭氏恰好在院子裡餵雞，笑盈盈地招呼。「老四媳婦醒了，早飯給妳溫在鍋裡了，快去吃吧。」

「好的，謝謝娘。」林悠悠甜甜回了一句。畢竟早上起來，有人溫著早飯，這種被關心的感覺還是很好的。

吃過早飯，林悠悠就在畫圖，沒一會兒，劉老漢就回來了。

看到劉老漢幾人回來，林悠悠停下手中的動作，關心道：「爹，雞蛋賣完了，錢都拿了嗎？」

說起這事，劉老漢面容上就露了笑意。「湯掌櫃的一直很照顧我們，今日雞蛋送過去都沒數，就說信得過我們的人品，直接按照我們說的數字結算銀子。我們收的時候是兩文錢三個，湯掌櫃按慣常的收購價格四十文錢五個收，最後結算是二十八兩多一點。」

「這個已經很公道了。」林悠悠點頭。湯掌櫃為人還是挺實誠的，不曾故意占他們便宜。

劉老漢也這般認為。「我先拿二十兩將你們小舅的銀錢還了。他那邊急等著錢用，可是耽擱不得。」交代完，人就匆匆往外去了。

劉老漢這一去，到了午飯後才回來，面上神色也不是很好。

「怎麼了？」鄭氏不知道發生了何事，擔心劉老漢沒吃飯，中午還留了飯菜。「老頭子吃飯了嗎？飯菜還有，沒有吃的話，我這就去給你熱熱。」

劉老漢搖了搖頭。「吃了，在剛子那裡吃過了。」

「那你這是怎麼了？倒是說出來，擺出這臉色來，可不得讓我們擔心。」鄭氏說話都急了起來。

劉老漢輕輕嘆了一聲，這才幽幽道：「我只是替剛子難過，事情我說了，妳也別激動。」

這麼一說，鄭氏頓時更緊張了。「到底什麼事情，你倒是快說，別賣關子。」

「就是春草那裡又出事了。」

「啊?!」鄭氏一個激靈。「出什麼事情了？」

「就是第一次和春草訂親的那個童生，現在的舉人，要納田家的姑娘為妾。」

田家也就是鄭春草未婚夫的那個田家。前幾日，才將田生的腿給打斷了，如今竟然要納其妹妹為妾。

「這……那舉人是腦子有毛病嗎？」

納不成春草，就納春草的小姑子，這怕不是攤上了一個瘋子吧？

「那田家姑娘是願意的。」

在場的人瞬間靜默下來，萬萬沒想到會是這樣的答案。

「這怎麼能呢？這糟心的事情，簡直是一齣又一齣，春草多好的姑娘呀……都是被那起子壞心思的給耽誤了呀！」

鄭氏再是難受，再是意難平，也是無計可施。

「那田家姑娘在家裡鬧著上吊，鐵了心一定要嫁給那舉人。田家父母氣得要和她斷絕關係，那田家姑娘就抹著眼淚說，嫂子不嫁，為啥她不能嫁？還說田家兒子的腿不是人家的錯，都是春草害的。」

這話可真是挖人心肝了，他們聽著都覺得難受，何況春草這個命途多舛的姑娘。

「那我得去看看春草。」鄭氏當即就決定要去看看這個姪女。

鄭氏收拾了衣服，想著可能還要在那裡住一晚，多陪陪苦命的姪女。

鄭氏風風火火就要出發了，走了兩步，想到什麼，卻是返回來，找到了林悠悠。

林悠悠正低頭研究圖稿，感覺有人走過來，抬起頭來，就看到鄭氏站在自己面前，一副期期艾艾的神色。

「娘？」

「老四媳婦，娘想妳跟我一起去看看春草。妳一向主意多，又和春草年紀相仿，更能說話，也許……」鄭氏說完，就期望地看著林悠悠。

林悠悠怔了怔，想了想就點頭。反正也沒什麼事情做，這兩天聽著鄭春草的事情，也覺得對方可憐。既如此，就去看看吧，能幫忙就幫忙。

見林悠悠點頭，鄭氏頓時就笑了。

林悠悠起身去收拾了一身換洗衣裳，跟鄭氏一起出發了。

鄭剛住在相鄰的枇杷村，距離梨花村不遠，走路的話，小半個時辰就能到。

路上，鄭氏對林悠悠說了一些鄭家的事情。兩人說著話，也不覺得路難走了，不知不覺就到了枇杷村。

難怪叫枇杷村，入眼可見好多枇杷樹，最重要的是，此刻枇杷已經熟了，金黃金黃地掛在樹上，怪招人眼的。

反正林悠悠覺得自己的眼睛有點挪不開了。這可是最新鮮天然的枇杷，沒灑農藥什麼的，味道肯定好。

直到進了鄭家的門口，她心裡還在想著枇杷。

可兩人還沒走進院子，就先聽見裡面吵了起來，斷斷續續的聲音傳出來。

「好你個鄭老頭，給你臉還不要臉！如今我還肯收你家的枇杷，已然是對你莫大的恩賜了，你還拒絕？你也不看看，如今你女兒將那錢舉人給得罪狠了，誰不躲著你們鄭家？誰還會收你家枇杷？我雷山雖然以一半的價格收枇杷，但我這也是冒著風險的。這可是得罪錢舉人的事情，一個弄不好，我雷山也要被你連累遭殃的！就這，你竟還覺得我在欺負你，簡直是不可理喻！」

「你！你！你個雷山，你給我滾！我家的枇杷就算是全爛在樹上，也不會賣給你的！」

這是鄭剛氣怒非常的聲音，兩人說到後面，幾乎要打起來。一發不可收拾的時候，鄭剛的妻子趙氏忙攔住了。

一見也沒個結果，雷山頓時罵罵咧咧地走了。

「娘，我們進去吧。」

兩人進了院子，只見鄭家院子裡站了好些人。鄭剛、妻子趙氏和兩個兒子及兒媳，以及幾個孫子孫女，地上還有兩個大筐裝著的枇杷。

看到那枇杷，林悠悠的眼睛都直了。這枇杷長得可真好，又大又黃，看著就甜。

筐子裡，枇杷一掛一掛地整齊擺放著，上面還有綠葉，明顯是剛剛摘下來的。這是最好吃的時候呢！林悠悠心裡忍不住想。

似乎是察覺到林悠悠一直盯著枇杷看，鄭剛也認出了這是大姊家的媳婦，緩了緩情緒，溫和道：「孩子想吃就吃吧，隨便吃。反正今年枇杷也賣不上價，自家人吃了還賺了，否則以後怕是都要爛在樹上了。」

林悠悠真挺想嘗嘗這古代原生枇杷的，沒客氣，伸手拿了一個，輕輕剝了上面的皮，咬了一口，頓時那清甜的汁水在口腔裡面蔓延，果真如想像中一般又甜又水。

這時候，鄭剛正在和鄭氏說起剛才的事情。

那個喚作雷山的是鎮上一家糧油雜貨鋪的老闆，專門在各個村落之間收一些東西拿到鎮上去賣。這每年的枇杷也是會收的，往年枇杷價格好的時候，最好的有到三文錢一斤；今年枇杷賣不上價，一文錢一斤。整個枇杷村裡其他戶人家都是按一文錢一斤的價格收的，但到了他們家，雷山竟然要按一文錢兩斤來收，活生生就比別人給的低了整整一半，這不是欺負人嗎？

「我們隨便做點事情，明裡暗裡都被人給打壓著。妳說，我們是不是很命苦？尤其是我們家春草，怎麼就攤上了這樣的事情？這以後可怎麼辦？那田家，田生倒是個好孩子，看著是個知道護著春草，對春草好的。但是那錢成才心胸狹隘，此番記恨上了春草，怕是不會輕易揭過的。田生能護得住春草嗎？」說到這裡，鄭剛的聲音都有幾分哽咽了。

一邊的趙氏伸手抹淚。她那麼好的閨女，怎麼就遇到這麼多事情呢……

鄭氏也覺得傷心，也跟著在一邊抹起了眼淚。

林悠悠看著三個老人抹眼淚，就蹭了過去在一邊坐著。

「春草姊姊的未婚夫如今傷勢如何了？」

說起這個，鄭剛的情緒倒是好了一些。

「銀子已經送過去了，大夫說好好治，後面再養個三、五月就能完全恢復，不會留下毛病的。」這已經是目前最好的消息了。

「那就好，人沒事就好，人才是最重要的。」林悠悠點了點頭。只要那個人是真心的，以後成了親，夫妻兩個勤快一些，就能將日子過好。

「那田家妹妹既然鐵了心要嫁給錢成才，也是阻止不了的，就不操那個心了。」她細聲細氣說著話，讓人聽著心情也跟著平靜下來。

趙氏這會兒倒是不抹淚了，道：「話是這樣說的，但那田花花就是田生的親妹妹，到時候能當沒有這個妹妹？春草嫁進了他們家裡，不得受這個小姑子氣呀？」

趙氏依舊憂心忡忡，總覺得嫁也不是，不嫁也不是。嫁的話，顯而易見那麼些麻煩；不嫁的話，那春草就退婚三次了，哪裡還能找得到好人家？而且田生為了春草斷腿，退親這樣無情無義的事情，無論是春草還是鄭家都做不出來。

「只要春草堅持住，那田家姑娘還能怎麼樣？如今，田家姑娘這般鬧死鬧活的，不是已經讓田家父母生了要和其斷絕關係的念頭了嗎？若是田家姑娘和田家能斷了關係，那就更好了。」

這話彷彿一道光，瞬間劈開了趙氏腦袋裡面的混沌。

是啊，既然都鬧到這樣地步了，還不如就讓他們斷了關係，那不很好？若真是如此，田家家裡就更簡單了，上面就一對性子好的公婆，而且還能幹得很。田生也是山上地裡的一把好手，又對春草好，這樁婚事就再好不過了。

趙氏當即就在心頭琢磨開了，越想越覺得就應該這樣做。

這件事情不該讓春草知道，就她去和田家說，自然也不會直說讓人家徹底和女兒斷絕關係，就說她做母親的擔心，擔心以後女兒受欺負，讓田家父母自己主動決定要斷絕關係。

越想越是激動，趙氏就藉口去做飯了，一邊做飯一邊思索著具體該怎麼說。

鄭剛有些莫名其妙地看著趙氏突如其來的激動，目光落在了院子裡的枇杷上。

他們家種的枇杷又大又甜，在村子裡都是出名的，往年賣枇杷，大家都搶著要他們鄭家的，從來不用為枇杷的出路發愁，都是才下樹就已經被搶購一空。可今年，卻是無人問津，好不容易來了個雷山，卻還壓價壓得如此厲害。

林悠悠想著，這麼好吃的枇杷，如果賣不掉，全部爛掉不是太可惜了？也想著如何能夠幫鄭家。

那個錢成才的影響都在縣裡，出了縣不就好了？去旁邊的縣城賣呀！

林悠悠就想到了新建成的白水縣碼頭。那裡很是熱鬧，過往商旅也多，鄭家的枇杷真的是新鮮水靈，賣相上就過關了。味道呢，也是很讚的，只要有客源，不愁賣不出去。

越想越覺得可行，她當即轉頭道：「舅舅，去白水縣的碼頭賣枇杷吧！」枇杷村離那碼頭還比梨花村離得更近一些，找輛牛車來，一個時辰就能到，早上早些起來過去賣就成。

鄭剛目光從枇杷那裡收回，轉過頭來，認真地看向林悠悠，問道：「那裡會有人買枇杷嗎？」

賣東西，鄭家人倒是不怵，畢竟平日裡就是靠走街串巷賣小玩意兒賺錢的，就是沒去過白水縣的碼頭，不知道會不會有人買。

鄭氏如今卻是極信林悠悠的話，因此伸手就在對方的肩膀上拍了一下。

「反正如今已經這樣了，再不想辦法，枇杷明天品相就差了。這樣熱的天氣，再耽擱個一、兩天，那直接都可以扔了。這般，你還有什麼好猶豫的？現在還早，趕緊將這兩筐拉過去試下，能成那就是大好事；不能成，也不費什麼的。怎麼樣也比你們一家人坐這裡唉聲嘆氣強吧？」

這話說得有理，鄭家人頓時都點了頭。鄭剛也不再猶豫，當即起身。

「老大，你去你大閨女家，讓蘭姐兒幫著將她大伯家的牛車借下，大概傍晚就回，給他算五文錢。」

鄭家老大也是個俐落人，應了聲，就大步出去了。

鄭剛也開始整理那兩筐枇杷，想了想，又去摘了一些枇杷葉，放在枇杷上面蓋著，免得一路上被太陽給曬了，影響賣相。

這樣一看，確實是賣過東西的人。

林悠悠想著待會兒有牛車去，就悄悄拍了拍鄭氏的手，小聲道：「娘，我們也跟著去碼頭看看吧！爹不是還想在碼頭上賣吃食，趁此機會，我們也跟著去考察考察。」

鄭氏頓時也心動了，反正是自家弟弟，一家人也就不客氣了。她上前和鄭剛說了兩句，就見鄭剛笑著點頭了。

這般，事情就定了下來。

不一會兒，鄭家老大就趕了一輛牛車過來。牛車看著有些簡陋，說是牛車，其實就一頭牛，後面固定了一大塊木板，但在鄉下地頭已經是極好的了。

這輛牛車是鄭家大孫女鄭蘭夫君的大伯家的，她大伯家是鎮上一家布坊的帳房先生，因此才能攢下錢買這輛牛車，平日裡自家用，也對外租賃。

鄭剛一看到牛車來了，當即抱起枇杷放到了車上。

鄭剛看了看，然後道：「老大和老大媳婦跟我一起去，姊姊和姪媳婦也一起去。」

林悠悠還是第一次坐牛車，一開始還覺得新奇，心裡想著這可是敞篷車，空氣多好啊！但是很快地，她的心情就不美麗了。因為牛車實在是太顛簸了，林悠悠覺得自己都要吐出來了。

鄭氏看到林悠悠臉色發白，也是擔心得很，伸手摟著她靠著自己。「早知道妳不能坐車，就不要跟來了。」

「沒事，還不適應，多坐坐就好了。」

感覺過了很久很久，牛車才在一個城門前停下來。林悠悠頓時覺得自己又活過來了。來到古代，她去過最遠的地方就是鎮上了，還是第一次來縣城。

下了車，她看了看縣城，只見城門高一些，城牆是用石頭砌成，上面有士兵站崗，門口也守著士兵，人們排著隊依次入城。

林悠悠就跟在鄭氏身後，很快就輪到了他們。守門的士兵掃了他們一眼，就讓他們進城了。

現在是太平時期，城門管得不嚴，但是晚上到點了，城門還是會關的。直到第二日天亮了，才會再開。這些都是聽鄭剛說的。

幾人進了城，找人問了路，就往碼頭的方向而去。

因為建了碼頭的緣故，白水縣越發熱鬧，很多外縣的人跑過來做生意。行了約莫一盞茶的功夫，還未走到碼頭，就已經能夠感受到那邊的人聲鼎沸了。

頓時，鄭老大趕車的速度更快了。

到了近前，發現這邊有好些衙役走來走去，像是在巡邏。到了碼頭入口處，卻是被攔了下來。

「你們是來做什麼的？」

這陣仗，倒是將人嚇了一跳。

還好鄭剛勉強保持冷靜，回答道：「官爺好，我們是來賣枇杷的，家裡種的枇杷。聽說這裡有個碼頭很熱鬧，就想過來看看。」

聽到此話，那衙役就看了看車上的枇杷，點了點頭，指著另一邊道：「牛車停到那邊去。」

大家順著那人指的方向看過去，就見那裡停了好些車，有牛車、騾車、馬車、驢車，各式各樣，有富貴的也有普通的、簡陋的。鄭老大就將車趕了過去，規規矩矩停好。守在那邊的衙役發給鄭家一個木牌，到時候憑木牌上的號數過來領車。

將車留下，鄭剛和鄭老大就一人背著一筐枇杷往碼頭那邊去了。

林悠悠也發現，若是要從碼頭往外運貨的車可以往裡面去，但也是按照一定的線路走，不是亂走的。

這倒是個好辦法，不然擠擠攘攘的，怕是容易出亂子。

這個明明是新建的碼頭，此刻卻已經初具規模，很有秩序。進去後，果然這裡很多人擺攤，但也不亂，分列兩邊，不會擋在路中間，也是有衙役看著負責的。

鄭家人看了看，就選了一個沒人的地方，準備將筐子放下。

只是筐子才從肩膀上拿下來，就有一個衙役大步走過來。

「幹什麼的?!」聲音很凶。

鄭家人被嚇得差點將手上的筐子給扔了。

不會吧，難道外地人不准在這裡賣東西？還是說，在這裡賣東西要交保護費？他們就賣這兩筐枇杷，還不到一百斤，沒幾個賺的，再交個保護費，那還是不賣了吧！

第十七章

「官爺，我們就想在這裡賣枇杷。」鄭剛賠著小心說話。

那官爺面相長得凶，嗓門又大，一說話就跟訓人一樣。「過來登記一下。」

「啊，好。」鄭剛忙跟了過去，被問了幾個問題，做了紀錄後，也發了一個木牌，給他指了地方擺放。

「收攤後，將木牌還回來。每日都要過來登記領木牌，不然不能在這裡賣東西。」交代了一番，對方就擺手讓鄭剛離開了。

找到了剛才官爺指的地方，鄭剛就將背著的枇杷放了下來，鄭老大也跟著放下枇杷。

父子兩個對視一眼，依舊有些回不過神來。但兩人知道，這裡到處都是規矩，可不敢亂來，怕是一個行差踏錯，就要被抓起來。

因此平日挺伶俐的一個人，此刻卻是不知道怎麼招攬客人了。

林悠悠此刻正四處看著，也很是意外，這裡倒是井然有序。出來的人和車、進去的人和車，都被安排引導得很好，沒出現什麼亂子。賣東西的也安排得很好，不會太擠，也不會太空。

大概是來得晚的緣故，鄭家的攤子離碼頭頗遠。但也還好，因為過往船隻很多，來往的人也多，因此也有不少人走過來。

在鄭剛還沒有反應過來的時候，已經有個穿著綢緞衣裳的中年男子停在攤子前了。

「這是枇杷？」他疑惑出聲。

筐子上面因為蓋著枇杷葉，完全遮擋住了，下面的枇杷倒是沒露出來。

鄭剛到底是多年買賣的經驗，有買家來，這會兒也冷靜了幾分，笑著道：「正是枇杷。」一邊說，一邊將筐子上面放著的枇杷葉拿開，將那又大又黃的枇杷露了出來。

看著就很水靈，料想味道應該也是很甜的。

「這是自家種的枇杷，一直精心侍弄的，今天早上剛摘，新鮮著呢！味道也是好的，很甜，自家就愛吃得很，每年自家都要留不少解饞。客官可以吃一個試試，好吃再買，不買也沒事。」

那客人本就意動，這會兒聽了鄭剛這樣說，就伸手拿了一個枇杷，將皮剝開嘗了下，確實鮮甜多汁，味道極好。

「不錯。」客人笑著誇讚了一句。

自家的枇杷得到誇讚，鄭剛也很開心，臉上也露出了笑容。

「這一筐我都要了。」客人爽快得很，當即就要了一筐。

鄭剛頓時大喜過望，忙給秤了，將近四十八斤。

「一斤一文，四十八斤還多一些，給您算四十八斤，總共就是四十八文，這筐子也送給您了。」

鄭剛俐落地秤好，算好錢，還按著村子裡收購的價格賣。

「好。」那客人也高興得很，又誇了一句，然後對著筐子皺眉，目光往遠處碼頭看去。

林悠悠眸光微動，當即推了推鄭老大。「表哥，幫客人將枇杷送過去吧！」

「哦，好、好的。」鄭老大還有些反應不過來，被林悠悠這樣一推，忙應了。

客人頓時歡喜，一邊給鄭老大指位置，一邊誇讚道：「你這個賣家很是實誠，價格非常公道，還幫我扛回去，再沒有比這更好的了。」

這才將枇杷放下沒一會兒，就賣出了一筐，只剩下一筐了。原本以為是烏雲罩頂，沒想到此刻卻是天晴了。鄭剛頓時覺得幹勁十足，笑著和鄭氏說話。

「大姊，妳這兒媳婦可真是個伶俐人，想出這樣一個好辦法，可真是幫了大忙了。」

「你說得沒錯，我家這個小兒媳真真是個伶俐人。」鄭氏也不謙虛，毫不客氣地接受了這個誇讚。

一邊的林悠悠無奈一笑。沒想到鄭氏如今這樣喜歡她，到哪裡都誇她，誇得她都怪不好意思的。

「這下家裡的枇杷可算是有出路了，明天開始依舊運到這邊來賣。」

雖然費事一些，不像以前坐在家裡等別人來家裡收就好，每天也還要多出五文路費，但不用被人欺辱，已經很好了。

正想著呢，就見鄭老大回來了，還跟著一個人，面生得很，很快就到了近前。
「就是這家對吧？」那人指著一筐子枇杷。
「正是，這就是我家的枇杷。」
「老大？」鄭剛疑惑出聲。
鄭老大就在一邊介紹道：「爹，這位老爺是剛才那位老爺的朋友，嘗了我們家的枇杷，說好吃，也要來買一些。」
竟然還有這樣的好事。「客官要多少？」鄭剛忙問道。
「就這一筐吧。」這也是個財大氣粗的。
鄭剛忙秤了。「將近四十七斤，就給四十六文吧，筐子也一併送了。」
客人就數了四十六文。
又成交了一筆，鄭剛高興得很，不忘交代鄭老大幫客人將枇杷給送過去。
今日可真是開門紅，都還沒一盞茶的功夫，竟然就賣完了。
「這也到了飯點了，我們四處看看有啥吃的，買點吃了再回去吧！」
這要是自家人，直接趕回去再吃就是了，但有鄭氏和林悠悠在，難得來這裡一次，鄭剛就覺得應該花點錢讓大家吃好一些。
本來以為今年枇杷都要爛在樹上了，這下有了出路，他高興著呢，錢也出得高興。
鄭氏本來不想破費的，但是看著旁邊的林悠悠，頓時想到這個兒媳婦是個愛吃的，難得才來碼頭一次，還是好好逛逛，有什麼好吃的就買點。如今家裡的債還了，有一點點餘錢，老四媳婦又是出大力的，買點也是應該的。

幾人就在碼頭逛了起來。

林悠悠也是開心，邊走邊看，果然是賣什麼的都有。吃的穿的玩的，應有盡有，什麼糖人、煎餅、包子饅頭麵條等等，還有面具、撥浪鼓、頭花等各種精巧的小玩意兒，簡直讓人看得目不暇接。

這裡人們也確實多，人流如織，來來往往，很是熱鬧。而且看著還不要攤位費，那劉家就可以來這裡做吃食買賣了，鄭家也可以過來賣枇杷，順帶還能賣一些其他東西。

也不知道這裡是誰在負責，竟然能夠打理得這樣好，當真是井井有條又興盛。

「悠悠啊，這裡是二十個銅板，想吃什麼就買。」

鄭氏直接給林悠悠數了二十個銅板，讓她自己拿主意，想吃什麼就買什麼。

這個舉動，讓一邊的鄭剛都看呆了。

他可是知道自家姊姊的，對兒媳婦管得很嚴，以前看到的都是指使下面的人幹活，平常也是約束著的。有時候，他還聽到鄭氏和自家婆娘趙氏兩個人坐在一起，互相交流著如何將兒媳婦管得服服貼貼的。當時自家姊姊就說了，兒媳婦千萬不能慣著，否則慣出毛病來了。

所以，姊姊給兒媳婦二十個銅板隨便花，確定不是在慣著兒媳婦？還是說這是姊姊的新法子，先給人錢，回家了再以亂花錢為藉口將人教訓一頓？

鄭剛腦子裡面亂糟糟地想著，回過神來的時候，發現大姊家的兒媳婦手上已經抓了兩、三樣吃食了。

就一晃神的功夫，這個姪媳婦就將二十文錢給花完了呀？可真是太敗家了，這相當於半筐子的枇杷了，這樣子怕自家大姊得發火吧！

一邊的林悠悠可不知道這個小舅心裡有那麼多念頭，她此刻很認真地嘗著這裡的幾個小點，試了下味道。

她發現生意好的，首先味道肯定是好的，其次是好攜帶，像是煎餅啊包子啊卷餅啊，都是拿個油紙或是荷葉一包就好。至於要在攤子上吃的，生意就沒那麼好了。

兩邊擺著攤子，中間要留出空地讓人行走，所以衙役只允許在攤子邊上擺兩張桌子，多的就不行。因此像是麵條餛飩不好帶走的，得在原地吃，沒幾個人就坐不下了，這也是生意沒有其他點心好的緣故。

林悠悠轉了兩圈，心裡大概有數了。饅頭花卷還可以繼續賣，再加個鍋爐燒餅。

「我們回去吧，我給大家做刀削麵吃。」林悠悠招呼大家回去了。這邊的東西都貴，大家要吃飽，怕是得幾十文，還不如回去做個刀削麵，好吃又飽。

到了鄭家，林悠悠一下車就感覺舒服多了。

她讓大表嫂來給自己幫忙揉麵，又讓二表嫂幫著去菜園子裡摘了黃瓜，待會兒備用，她則是坐下來歇一會兒，先緩緩。

麵揉好了，她就將麵團放在肩膀上，一隻手撐著，一隻手拿了刀，動作行雲流水，手快得只能看到影子，以及不停落入鍋中水裡的麵。

可把鄭家兩個媳婦給看呆了，兩人就這樣看著林悠悠做刀削麵，滿是佩服之色。很快，刀削麵就做好了，林悠悠用黃瓜絲拌上，可惜沒有辣椒油，不然味道更讚。

鄭家人倒是吃著覺得很好，麵條有勁，別有一番風味。

以前只聽說劉彥的妻子脾氣壞也不幹活，也不知道是誰亂說的。這不，人很好相處啊，說話溫溫柔柔的，還有一手好廚藝，就這麵，已經是可以出去擺攤的水準了。

吃過飯，林悠悠和鄭氏就告辭離開了。

本來是想要安慰鄭春草的，結果春草已經去了縣城裡照顧田生，沒個七、八天是不會回來的。鄭家這邊也沒什麼幫得上忙的，反正明天鄭家自己知道去白水縣的碼頭賣枇杷了，不用犯愁。

反倒是林悠悠，還想著回去繼續研究鍋爐，早日做鍋爐燒餅呢。

所以林悠悠和鄭氏又趕回去了。

到家的時候，家裡靜悄悄的。此時正是中午最熱時，田地裡的活兒幹得差不多了，這兩天倒是可以休息一下，所以大多都在午睡。

林悠悠也就回了自己房間。她也要睡一會兒，今天累得很，腦袋還有些暈乎乎的。

脫了衣裳，往床上一躺，沒一會兒就睡著了。

待醒來，看看外面的日頭，也不早了。林悠悠就起身，坐到窗邊的桌子前，桌子上鍋爐的設計圖已經畫了一半。

嗯，今天要畫完了，都說一鼓作氣，再而衰，三而竭了。

因此林悠悠就認認真真繼續畫著，一邊回想著前世的鍋爐，但這邊的技術還達不到，就得想著如何改造得簡單一些。

到了外面天色昏暗下來，各家炊煙裊裊的時候，林悠悠總算將這個鍋爐畫出來了。她拿著這張設計圖，準備出去找劉老漢商量。

這個做出來後，在碼頭上現做現賣燒餅，剛出爐的燒餅又酥又脆，別提多好吃了。就算涼了，也是別有一番風味。

林悠悠在堂屋裡找到劉老漢，劉老漢正坐在那裡喝著小酒，桌上還有一盤花生米，好不愜意。另一邊，鄭氏也坐著，面前放著一碟豆子，正吃著。

「爹、娘，有什麼好事嗎？」

「茶寮賣出去了，十兩賣給了賴老七。五兩我們要，五兩村子裡收著以作公用。」劉老漢高興地說著，說完還喝了一口酒，感覺整個人都美滋滋的。

賺了五兩，這可是值了。要知道茶寮裡能搬的東西，到時候，劉家這邊肯定要搬回來的。剩下不能搬的也就一個茅草屋、一個灶臺，那都不值五百文。

本來劉老漢也還憂心忡忡的，想著沒了茶寮，不知道去哪裡做吃食買賣。雖然碼頭那裡不錯，他也去看過了，但沒在那裡做過，心裡還是慌得很。但中午老婆子回來，說了鄭家在碼頭那裡賣枇杷的事情，以及林悠悠的話，他就放心了。

所以，傍晚這會兒，他就安排家裡的兒子媳婦去茶寮將能搬的東西搬回來。收拾一番，明日再休息一天，後天正式去碼頭那邊做吃食生意了。

他難得閒下來，就拿出了珍藏的酒喝幾口，過過癮。

林悠悠走過去，將手上的圖紙遞給劉老漢。

「爹，這是我畫的鍋爐，打算拿來做鍋爐燒餅的。爹看一下，哪裡能幫忙做出來。」

聽到這話，劉老漢頓時連酒都不喝了。這可是正事，忙接過林悠悠遞過來的紙，準備好好看一看，研究研究。然而他看了看，就將其摺起來了。

除了能看出來是一個圓桶一樣的東西，其他的他也看不懂，明天拿去鎮上找家鐵匠鋪給看看吧！

「不知道鐵匠鋪看不看得懂妳畫的這個，明天妳要是沒事，和爹一起去吧！要是有看不懂的，你們還能交流交流。」

這倒是。林悠悠點頭。

這邊說完，晚飯也做好了。晚飯是地瓜粥加上幾個青菜，還有一小盆的白菜燉肉。

這可是罕見了，不過轉念一想，應該是家裡還債了，又得了茶寮的五兩銀子，所以買了點肉回來，大家也開心一下。

看到有肉吃，林悠悠挾了一塊，開心地咬了一口，就覺得心情不好了。

肉啊，多麼稀罕啊，味道卻不是很好。一個是肉選得不好，太肥了；還有一個是沒怎麼處理，就切成一小塊一小塊和白菜一起燉，沒什麼味道。

想想都覺得可惜，這應該讓她來做的呀！

到了晚上，睡夢中，林悠悠夢見了肉，以及劉彥。

夢見肉不奇怪，畢竟日有所思夜有所夢，她想吃肉嘛！但夢見劉彥是怎麼回事？

夢見劉彥就算了，還夢見劉彥那般……

第十八章

她昨晚怎麼會作了那樣的夢？夢見劉彥溫柔備至地餵她吃肉，如今還依稀記得他溫柔細膩的眉眼。

想起來，都覺得是噩夢一場。

劉彥那樣一個冷清到有些古板的男子，哪裡能露出那樣的神情來？真的哪天露出那樣的神情，怕其中不是有什麼陰謀……

因為那個夢，林悠悠兩、三天都不會想吃肉了。

吃了早飯，她就和劉老漢一起去街上。

鄭氏也跟著去了，看看有沒有什麼東西置辦。畢竟明日就要去碼頭那邊做生意了，心裡總有點慌。那裡不比茶寮，遠得很，還人生地不熟，總想著多做點準備。

三人到了鎮上，先一起去了鐵匠鋪。這家店鋪是梨花村的人常來的店鋪，都很熟悉。

「這店鋪的老闆姓李，大家都叫他李老頭。」

說著話，幾人就已經進了鐵匠鋪，李老頭也迎了出來。

李老頭看著四、五十歲的樣子，生得壯實，此刻胸前掛了件圍兜，袖子挽得很上面，手上拿了把打了一半的剪刀。

他是聽到動靜走過來，看是劉老漢就笑著打招呼。「劉老頭來了呀？來看看，需要什麼東西？鋤頭剪刀還是菜刀？」

李老頭說的這三個東西是鄉下人家最經常買的，經常用到又容易壞。

劉老漢卻是哈哈一笑。「鋤頭半年前才換的呢，哪有那麼快壞？這次來，是因為我家小兒媳婦畫了一個做燒餅的爐子，麻煩你這邊看下能不能做。」

聽到這話，李老頭眉頭一動，倒是看向了林悠悠。一個秀氣的小媳婦，看著很是溫順的樣子，安安靜靜站在一邊。

林悠悠見對方看著自己，就將紙遞給了李老頭。

李老頭一開始是漫不經心地接過，想著一個鄉下的小媳婦能畫出什麼東西，還能不能做？哪裡有他李老頭做不了的東西，打鐵都幾十年了，什麼樣的鐵具沒見過，還會有打不出來的？

心裡一邊這般想著，一邊打開了林悠悠遞過來的紙，目光一頓。這畫的是什麼東西，他還真從來沒見過。

「這是？」他看向林悠悠，面上滿是疑惑。

「這是我要拿來做燒餅的。」

別的話就沒有了，總不能告訴你怎麼打這個鍋爐，還告訴你燒餅怎麼做吧？

林悠悠依舊笑著，卻是讓李老頭紅了臉。他也反應過來，自己這個問話過分了。

經過這下，李老頭就慎重了許多，認真看這張圖，越看越意外，也越驚奇。

這樣的圖以前從未見過，上面畫得規規整整的，連尺寸大小都標注得清楚。雖然不理解這個鐵爐子要怎麼做燒餅，但是李老頭已經大概知道怎麼打造這個爐子了，只是一些具體的細節，還要再確認一下。

看著可能需要一些時間，鄭氏和劉老漢就先離開，打算去雜貨鋪看看，糧油米麵都買一些，還有調料啥的。林悠悠則是留在這裡，和李老頭討論造爐。

李老頭不愧是打了幾十年鐵具的老經驗，很多地方一開始不理解，但林悠悠稍微一解釋就知道了。這般說了小半個時辰，李老頭就拍了拍胸脯，保證沒問題。

「劉娘子儘管放心，這個爐子妳三天後過來拿。我和劉老漢也算是老相識了，訂金就不用了，總共三兩銀子，三天後再付。」

竟然要三兩銀子，這可真是貴！不過，看著爐子要費不少的鐵，而且還是新東西，得花費不少精力去打，收三兩已經是很公道了。

不過，林悠悠還是有些心疼。三兩銀子呢，得打多少個燒餅才能回來？

走出鐵匠鋪的時候，她心裡還有一絲絲捨不得。

不過很快地，她沒有這個心思了，因為她看到了一個熟悉的身影。

咦，那不是劉彥嗎？

林悠悠腦海裡頓時浮現昨夜夢中的情形。依然清楚記得對方溫柔的眉眼，她忍不住打了一個寒顫，臉也跟著有些紅。

還是躲起來吧，碰上了也不知道說些什麼。因為昨夜的夢，如今看到劉彥，她莫名有點心虛，不知道是怕的還是羞的。

反正，不見面就好了。

於是，林悠悠悄悄地溜到了旁邊的巷子裡，悄悄地躲在那裡，小心往外看。

她發現，劉彥怎麼看去也鬼鬼祟祟的？有貓膩！

林悠悠決定跟上去看看，探個究竟。

於是，她遠遠跟在劉彥背後。

他來到了一間宅子前。林悠悠抬頭看了看這宅子，有點眼熟，一時間卻想不起來。

她絞盡腦汁想了想，這不是陳德中陳家的宅子嗎？

這個宅子也是原身走向末路的開始，因為她是在這裡被人當場捉姦的。

劉彥來這裡是來捉姦，真的以為她和陳德中有姦情？

不知怎的，心裡就有點難受，是不被信任的難受。她知道原身表現得不好，落得那樣的下場，也可以說是咎由自取。

但自她穿來以後，她沒做過任何對不起劉家的事情，一直真誠對待劉家的人。雖然初衷也是想改善自己的生活，但她自覺對劉家人也是很好了。她所求不多，只是求個暫時的棲身之所罷了。

就這般，劉彥還懷疑她。

所以，即使她和原身不一樣了，劇情也還是要讓她按照原書的劇情走。劉彥想要抓著她不忠的證據，然後休了她。

離開劉家，林家人以她為恥，不會要她。她無路可去，只有一個黑心肝的舅母要她，然後偷偷將她賣給過路的行商，最後不到一個月就被折磨而死。

這是原身的命運，也是劇情想要加諸在她身上的命運。

不，她和原身不同，她就是她，她是不會認命的！

林悠悠這般想著，就見劉彥已經從後門的一棵棗樹翻進了院子裡。

她站在原地等著。她倒要看看，那劉彥抓不到人是什麼表情。

等了約莫一盞茶的功夫，就見劉彥出來了。這次是從前門直接走出來的。

進去時，劉彥面色沈沈的，一看就心情不好的樣子。但是此刻，出來的劉彥面上卻是帶著笑意，眉眼舒展，嘴角微彎。雖然這個笑意也很淺，但對劉彥這個平日基本是冷清到不苟言笑的人，已經是極為不同了。

可見劉彥心情很是不錯，施施然離開了此地，腳步輕快。

本就清秀俊雅的容貌，此刻神情溫和，微微含笑，真的有種陌上君子人如玉的感覺。

林悠悠頓時好奇不已。劉彥看著怎麼不像是來捉姦的，倒像是來私會情人一般，瞧那態度大變的……

正在這時，兩人走了過來，是繼妹林柔柔以及林柔柔的丫鬟小菊。兩人有說有笑，手上還提著一個食盒。

這是來送飯的，那是陳德中在裡面了。

「少夫人還特意下廚做了少爺愛吃的菜，少爺知道了肯定高興。」這是小菊在捧著林柔柔。

聽了這話，林柔柔很是受用。她慣常愛做這些面子上的功夫，讓人誇讚。所以，在認識的人眼裡，林柔柔一直都是乖巧懂事賢慧的好姑娘，原身則是被襯托得任性壞脾氣，還喜歡欺負妹妹。

「這沒什麼的，能夠為夫君做菜，我覺得很開心呢！」

主僕兩個說著話，就進入了院子裡。

林悠悠突然覺得沒什麼意思，轉身要離開的時候，卻聽到裡面傳來一聲驚叫。

這聲音是林柔柔的。

平日裡，林柔柔說話又軟又柔的，這會兒的驚叫聲又尖又利，還怪嚇人的。林悠悠就被嚇了一跳，離開的腳步都頓住了。

不一會兒，就看到小菊慌慌張張地跑出來了。

林悠悠又躲著，心中暗暗想著，裡面發生了什麼事情？劉彥剛剛在裡面又做了什麼？要知道，林柔柔平日裡最愛裝模作樣的，能夠讓她發出那樣的聲音，是看到多可怕的畫面呀？

林悠悠心裡還在各種揣測的時候，就見小菊拉著一個頭髮花白的老大夫匆匆忙忙回來了。

老大夫身上背著一個大藥箱，被小菊拉著跑，喘得厲害，一邊跑一邊喊：「慢點、慢點，再快老夫命就交代這裡了！」

而小菊卻是不曾放慢腳步，焦急不已地道：「可不能慢，得快點呀，我們少爺可等著你救命呢大夫！」

竟然是陳德中受傷了。所以劉彥剛才進去，是把陳德中給打了嗎？

嗯，實在是太好奇了，這會兒大家的心思都在陳德中身上，應該沒人注意她，她就偷偷地看一看吧！

於是，林悠悠小心跟了進去，繞到窗戶後面去看。

此時，幾個人都在一個房間內，全部圍在床前。

「夫君，你怎麼傷成這樣？」

林柔柔看著全身都在疼的陳德中，拿著帕子擦眼睛，傷心得不行。

陳德中此刻真是疼得想死。「我當時在屋子裡面看書，準備縣試，誰知道突然就被人用布蒙住了腦袋，然後就被暴打了一頓。再之後，我就暈了過去，等到妳來了才醒過來。」想想都覺得難受，全身都痛，尤其是男人那處地方也痛。

那人跟他什麼仇什麼怨？這樣衝進來就揍他。而且他的手還很疼，後日就是縣試了，如今傷了手，他還怎麼考試？

這人既傷了他那處，又傷他的手，簡直是要斷他生路。讓他知道是誰，非得將對方打殘廢，做不了男人，方能解心頭之恨。

「那夫君可知道那個人是誰？」林柔柔問著，手上的帕子也抓緊了。

「不知道，我都沒反應過來發生什麼事情，就已經被人蒙著一頓打了。」

最可恨的就是這點！他心中恨意滔天，卻不知道該恨誰。這種窩囊憋屈的感覺簡直是燒心燒肺。

這個時候，老大夫也已經給陳德中看完了，沈吟一番，道：「病人身上到處都是傷，不過都是皮肉傷，待會兒拿瓶藥油揉一揉，三天就能好。只是有兩處地方比較棘手。」

一聽這話，陳德中頓時全身都繃緊了。那兩處地方可是他的前途和尊嚴啊！「大夫怎麼樣了？」

「大夫？」林柔柔也緊張得很，生怕夫君哪裡不好，這可是她下半輩子的指望呢，容不得出半點差錯。

老大夫繼續道：「手傷得也不算嚴重，只是要好好將養半月。這半個月，手最好不要使力，否則若是留下病根，以後恐怕會有礙。」

一聽這話，陳德中眼睛裡的光就滅了一半。

這次縣試是參加不了，下次要等明年了。想到此，他就氣恨得想要一拳砸在床上。但是想到自己的手，只能無奈咬牙。

「還有一處地方得內服外敷，好好將養，三個月不能行房事，否則傷了根本，恐以後會對子嗣有礙。」

陳德中眼中頓時被沖天的憤怒占滿。

混蛋！混蛋！混蛋！他心中咆哮著，卻不知道這憤怒該衝誰而去。

他心中也猜測自己是得罪了誰，但略微一想，才發現他得罪的人還挺多。他平日裡仗著自己是舉人的兒子，在縣城裡有一定地位，沒少幹缺德事。最常做的就是到處勾搭小媳婦、大姑娘，恨他的人可不少。

「德中……」

林柔柔含著關心和害怕的聲音低低傳來，這要是平日裡，陳德中自然是很受用的。但今日這樣的情況，他卻是越發煩躁。

「滾，全部都給我滾出去！滾出去，誰都別想看我笑話！」

看陳德中情緒激動，臉紅脖子粗地咆哮著，大家都不敢刺激他，都退了出去。

看到這裡，林悠悠也溜了，走出巷子，入了街頭，和來來往往的行人一起。

此刻，她內心還不平靜。

劉彥竟然將陳德中打成這樣，而且教訓得非常到位。

反正被陳德中騷擾得不勝其煩的她心裡很爽快，以後那陳德中怕是就回縣裡去休養，不會再在她面前晃悠了。
不過，劉彥為啥將陳德中教訓得這麼慘？什麼仇怨？
林悠悠仔細想了下，其他地方想不出來劉彥能和陳德中有什麼牽扯，唯一有牽扯的，好像就是和自己有關。
劉彥是覺得陳德中和自己有瓜葛，傷了他的顏面，所以將陳德中教訓一頓？或者那日在巷子裡，陳德中說的話太難聽，讓劉彥記恨在心，今日懷恨報復？
好像也有可能。原書裡，黑化後的男主角很是心胸狹窄，誰也不能欺辱，否則定然是千倍百倍地還回來的。
可是在家裡遭逢巨變之前，劉彥應該是個善良正直的讀書人啊？現在劉家人一個個都好好的，家裡境況也好轉，因為她的美食投餵，她覺得最近劉家人不僅都胖了一些，還都很開心。這情況下，劉彥應該還是個正直善良的好人呀？
不過，劉彥報復了陳德中，會不會報復自己呀？
林悠悠認真地想著這個問題。
自從穿越過來，她就一直是人美心善的小仙女，不曾做過半點對不起劉彥甚至劉家的事情，劉彥沒道理報復自己。
嗯，自己可沒做錯任何事，也不是吃素的。
這般想著，林悠悠頓時覺得平常得多吃點，不然哪天和劉彥幹架都沒力氣，最好多吃肉，多長點力氣。

她心裡一邊胡思亂想著，一邊就走到了林家的雜貨鋪來。

因為林父的雜貨鋪裡也是有賣米麵糧油的，劉老漢和鄭氏自然做不出去其他店鋪買東西的行為。而且林父也很公道，每次結帳會給他們抹去零頭，還會送一些小東西，弄得他們每次怪不好意思的。

林悠悠到的時候，就看到劉老漢、鄭氏和林父在裡面聊天，張氏也在一邊陪著，說的是劉家最近做的吃食生意。

鄭氏正誇著林悠悠。「悠悠真是個能幹的孩子，廚藝也好，我們劉家的生意能做起來，多虧了悠悠提供的吃食呢！像是花卷和韭菜盒子，吃過的人都說好吃呢！感謝親家教養出這樣聰慧能幹的女兒。」

「如今賣得很火的韭菜盒子是悠悠丫頭想出來的？」

張氏的聲音帶著點興奮，在鄭氏話語落下正笑著的時候，在旁邊響了起來。

第十九章

林悠悠就在這個時候邁進雜貨鋪。「對啊，是我想出來的。」

聽到她的聲音，大家都轉過頭來。劉老漢和鄭氏頓時露出了笑意，鄭氏更是招手。「悠悠，過來。」

以前都是叫老四媳婦的，但今天聽著叫悠悠，也覺得好聽又親切。

林悠悠走到了鄭氏的身邊，然後看向張氏，等著這個好繼母接下來的話。

這個繼母慣會做人，原身在她手底下可是吃了不少苦頭。也是後來慢慢長大了，仗著年紀小，撒潑打滾，一段時間內倒是也和這個繼母鬥得旗鼓相當。

她知道，原身是極恨這個繼母的。既這般，曾經對原身好的，她幫著幫扶一二；對原身差的，她也幫著回敬一二。

書中描寫過原身臨死前的心理。因為同名，這個女配角下場又極慘，所以最後的場景她看了好幾遍，此刻回想起來，竟然都記得。

被黑心的舅母賣給這個過路的行商，到了今日正好一個月了。這一個月，她嘗盡了人生苦楚。那個行商像是畜生一般，每晚都要凌虐她，讓她從一開始的鮮花一般，枯萎到如今，恍若老婦。

她眼裡已經沒有光了，渾身都疼。但是慢慢地，感覺這些疼痛又消失了，身體變得輕盈。她似乎感覺到了，她終於要離開這污濁的世間，去尋找娘親了嗎？真好……她的嘴角露出了一個解脫釋然的開心笑容，讓那枯萎的容顏上，綻放出了最後的光華。

也許是感覺自己快要走了，腦子裡面閃過各種回憶。以前忽略的，以為不記得的，都想了起來。此刻，腦袋異常清晰，她看到了很多。小時候，娘親溫柔的眉眼。繼母張氏面慈心苦，佛口蛇心。林柔柔表面溫柔善良，實則暗藏心機。父親昏聵狠心，和她這個女兒只有表面工夫。原來，她身邊的親人，都是這樣的啊……

但，也有好的，被她忽略的，那些記憶深處的，此刻又浮現了出來。她落入河裡、瀕死絕望的時候，是劉彥救了她。她名聲受損，差點被送去廟裡的時候，是劉彥上門提親。她紅杏出牆被抓當場，鎮長說要將她沈塘，是劉彥求情才保下了她。劉彥雖然平日裡總是冷著一張臉，心卻是好的。若是有來生的話……不，她不想要來生了。這樣的人生，她不想再來一次了。

林悠悠死了，死在了一個破屋裡，渾身是傷，嘴角卻是帶著笑。最後，只得了一張破草蓆罷了。這，就是那個權傾天下的劉閣老的原配。

林悠悠突然就明白了。林悠悠臨死前覺得有愧於劉彥，想要彌補一二，她覺得在那麼骯髒的生命裡，劉彥是為數不多的溫暖。

原身也只是一個從小失去母親，渴望被愛的小姑娘罷了。

「悠悠是哪裡學來的呀，以前都沒見妳做過呀？」張氏的聲音拉回了林悠悠有些飄遠的思緒。

林悠悠頓時一笑。「是在夢裡學的。」

「悠悠可真會開玩笑。」張氏自然是不信的，輕輕嗔道。

林悠悠卻認真說道：「我沒有開玩笑，真的是在夢裡學的。就在我很小的時候，那時候妳總是不讓我吃飽，還跟爹說我浪費食物，發脾氣不吃飯。我晚上餓得直哭，就夢見了我娘。我娘心疼我，就在夢裡教我做各種好吃的。我在夢裡吃飽了，醒來果然就不餓了。

「我就這樣每天晚上都夢到我娘，直到嫁人就沒再夢過了。我難過了好久，就嘗試自己做了，這樣就像娘在夢裡教導我一般。沒想到做出來和夢裡是一樣的味道，這肯定是娘親在夢裡保佑我呢！」

這說得神乎其神的，好像真有那麼回事。不管別人信不信，反正劉老漢和鄭氏是信了。

鄭氏當即拉著林悠悠的手。「可憐的悠悠啊，那麼小就不讓吃飽。」

劉老漢雖然沒說話，但面上也可以看到擔憂關切之色。

張氏差點咬碎一口銀牙。這臭丫頭，成親了後倒是長了腦袋，原來都是靠任性胡鬧來的，如今還學會說這樣的謊話。好，真是好得很啊！

「悠悠，不要亂說話。妳娘對妳如何，我都是看在眼裡的。從小柔柔有的妳都有，妳有的柔柔未必有。這樣妳還不知道感恩，也太過無情無義了。」林父頓時怒斥林悠悠。

聽到這話，林悠悠覺得自己心頭冒起了一團無名火。

原身從小就是在這樣的環境下長大，繼母佛口蛇心，惡毒心腸，父親嚴厲偽善，總是訓斥她，難怪原身再不想重來一次了。

林悠悠袖子下的手握了握。沒事，路還長著呢，替原身回敬這對夫妻，也不急在這一時。

她如今又加了個任務，在離開之前，也要把這些欺負過原身的人收拾一頓，讓他們知道報應不爽，天道好輪迴。

至於劉彥，她幫著劉家賺錢還債發家，想來是夠了的。

「行吧，從小到大都是這樣，那父親說什麼就是什麼吧！」林悠悠說完這話，轉身就走了。

鄭氏和劉老漢看了看林父，為難道：「親家你看，這……唉！」然後兩人也跟著走了。

林悠悠站在門口，見兩人出來了，便一起離開。

鄭氏看著，欲言又止。

林悠悠主動說道：「娘，我沒事，我不也長這麼大了？而且，我有親娘保佑我，如今一身好廚藝，我不難過的。」

說這話的時候，她面上滿是認真，一雙眼睛清淩淩的，看著很可人。

看她這般，鄭氏就沒說勸解的話。

三人回了家，劉老漢和鄭氏才反應過來，米麵糧油沒買呢！本來是要在林家雜貨鋪買的，結果林悠悠來了之後，鬧了不愉快就直接走了，該買的東西沒買，這下還得折回去。

「在村子裡收一些吧！」林悠悠建議道。

「我去村子裡問問。」劉老漢也不想再跑回去，這一來一回的，費功夫。

望著劉老漢離開的背影，林悠悠卻是思考了起來。

林家靠著雜貨鋪，日子過得倒是滋潤，而那雜貨鋪當初還是靠著原身娘親的嫁妝才開起來的。只是原身娘親在原身兩歲的時候就過世，同年，林父就娶了帶著同樣兩歲女兒的張氏過門。

現在想想，林父對林柔柔太好了一些，簡直比她這個親生女兒還好。林父的性子最是冷情，對待她這個親生女兒尚且如此，何況是一個拖油瓶？

張氏是寡婦嫁給林父的，而林柔柔是張氏前夫的遺腹子。兩人鰥夫對寡婦，倒是登對，中間肯定有什麼貓膩。

畢竟，表面看來林父只有她這麼一個親生孩子，以後東西都該留給她才對。但是，出嫁時的嫁妝，兩人卻是差別甚大。

對此，原身當時沈浸在不能做舉人兒媳的傷痛中，沒有怎麼發覺。再一個是雖然有些差別，也以為是繼母故意為之。

但林悠悠此刻細細翻著原身的回憶，發現很多不妥之處。

林柔柔的嫁妝裡都是精緻貴重的好物，而她的嫁妝則是些笨重、不太值錢的木桶家具之類。林父身為一家之主，不可能不知道，張氏敢這麼做，也應該是林父默認的。

或許，林柔柔可能有其他身世，但是時間已久，怕是得慢慢查證看看。

若真是如此，那原身也太可憐了些。

林悠悠亂七八糟地想著，那邊，劉老漢已經回來了。

他手上提著好些東西，面上帶著笑容，心情不錯的樣子。他將東西放到堂屋才坐下，讓鄭氏給他倒水，一口喝乾淨，這才說道：「村子裡買這些東西，可比鎮上便宜一些。這以後啊，缺什麼先在村裡問問看，合適了就在村子裡買，省錢省力。像米麵，去年年景好，好些人家都有富餘一些。青菜這些更是便宜，畢竟是自家家裡種的。」

「爹，這個活兒交給我來做吧。」劉老三當即躥了過來。他一聽就覺得很有意思，很感興趣。這活兒比種地輕鬆，比賣吃食有意思呀。

聽了這話，劉老漢就看了看劉老三。老三滑頭，平日裡愛偷一些小懶。他還總是發愁呢，怕這兒子養不活自己。畢竟光靠種地，老三怕是沒那力氣養活三個兒子。

可做吃食生意吧，他又不夠穩重，若是讓他專門去買東西，他那張很能巴拉巴拉的嘴，可能有用。

林悠悠在一邊聽了，腦袋裡面快速滑過什麼，一閃而逝。她一下子沒抓住，頓時擰著眉想，正想要丟開時，就聽到劉老漢在那裡交代劉老三，讓他從明日開始負責收米麵之類的，價格合適，就都先收著。

這下，林悠悠終於抓住了剛才一閃而逝的念頭了。

劉老三不僅可以收購米麵之類的，各種青菜、山貨、水果、雞鴨雞蛋……反正是各種農副產品都可以收購。不只如此，鄉下人做的木盆、家具啥的，也可以收購，除了自家用的之外，還可以轉手賣出去賺取差價。

時候到了，就可以直接在鎮上開一間店鋪，專門做這買賣。那時候，怕是林家雜貨鋪的生意就做不下去了，那她就高興了。

於是，林悠悠就給劉三郎建議。「三哥，你可以多收一些東西，山貨水果都可以，再拿去鎮上賣。」

劉三郎頓時眼睛一亮，搓了搓手，道：「四弟妹，三哥知道妳素來最有法子。妳看，這收東西是沒問題的，只是要拿去賣，賣給誰呢？」

只要劉三郎有這個心，後面的事情就不怕了。

「你可以先從擺攤開始，一步一步來，做熟做大了之後，就可以租個鋪面做了。」

劉三郎認真想著林悠悠說的話，然後自己跑到後院菜地裡。這裡安靜，沒人打擾，他很認真地在院子裡走來走去，如此這般到了傍晚，終於想明白了。

他找到林悠悠，認真堅定。「我一定會好好做，做出成績的。」

說這話的時候，他一雙眼睛熠熠生輝。

第二日，劉老漢帶著鄭氏、老大夫妻就去了縣城賣韭菜盒子和饅頭花卷，將生意重新做起來。

劉三郎也是一早就起來了，早早就背著個大背簍出門，看來是去收東西了。

頓時，家裡沒剩下幾人。

因為和如意酒樓談了分成的事情，劉家就沒做韭菜盒子了，把做法教給如意酒樓，讓他們全權負責，劉家就坐著等分錢，這樣也挺好的。

家裡剩下老二一房，三嫂苗氏帶著孩子以及林悠悠了。

二房的人忙得很，劉二郎要去地裡忙活，李氏則是帶著三個丫頭忙著家裡家外的事情。苗氏在家裡看著三個兒子，負責做飯。

林悠悠呢，鄭氏沒派活計。

對此，其他人也沒意見。畢竟林悠悠帶給劉家的幫助，大家都是看在眼裡的，也沒人計較這些。

林悠悠吃了早飯就去了鎮上。她要開始為自己做準備了，不論是完成原身的心願還是跑路，都需要有銀子。

如何賺銀子，如今也有了眉目。她去了如意酒樓，直接找了湯九。

「湯掌櫃，我賣你一道菜譜，三十兩。」

湯九眸光微動，笑道：「姪媳婦賣的是山珍海味吧？這價格這麼高。」

「口說無憑，以味道為準。老規矩，我先做，湯掌櫃的嘗過味道再說。」

「姪媳婦果然爽快。好，就依妳的意思。」

兩人就去了廚房。

林悠悠做的是麻辣香鍋。這道菜，關鍵在於火候和調料，她已然掌握得爐火純青，在廚房裡面一陣操作下，迎來的就是一頓美味盛宴。

湯九原本覺得三十兩有點貴，但嘗過之後沒話說了，轉頭就吩咐帳房去拿銀子。

「還有一事，除了你我二人之外的任何人，都說這道食譜我賣的是十兩銀子。」

林悠悠認真說著，一雙眼睛盯著湯九。

湯九不需猶豫就點了頭。他不管林悠悠和劉家的彎彎繞繞，這些和他沒有關係，也沒有影響。他要的是食譜，只要菜的味道好就夠了。

「自然，定然如妳所願。」湯九應下了。

林悠悠接過銀子，離開了如意酒樓。

然後，她又去了小謝莊。

那是原身的舅舅謝虎的家，十幾年前的事情，可能謝虎還能知道一些。也要去會會那個將原身賣給過路行商的舅母游氏。她一定要看看，那是怎麼樣一個蛇蠍婦人。

到了小謝莊，林悠悠循著記憶找到了舅舅謝虎的家。

彼時，謝虎正在院子裡砍柴，聽到有人敲門，就去開門，一看到是林悠悠，先是詫異，接著便高興地邀請林悠悠進門。

「是悠悠丫頭啊，快進來。妳這都好久沒來了，妳舅母早上還唸叨著妳呢！」謝虎一邊說，一邊對著裡面喊道：「杏娘，悠悠來了，快出來。」

謝虎的話一落下，當即一個四十出頭，頭髮梳得一絲不苟，髮間插著一根雕花木簪的婦人走了出來。

這就是原身的舅母游杏花了。

游杏花圓臉，皮膚也生得白，在鄉下看著也算是小美人了。

游杏花一看到林悠悠，頓時笑容滿面。「悠悠可算是來了，可是想死舅母了。舅母還想著就這一、兩日，要找個時間去看看妳，沒想到妳就來了。來，快進來。累了吧，這天氣越來越熱了，這一路過來渴了吧，舅母這就給妳倒水。」

游杏花看著溫和，做事也很周到，給林悠悠倒了水，水裡還泡了薄荷，喝著很是舒服。

謝虎將柴歸置到一邊，洗了手也在一邊坐下來。

林悠悠轉頭看向謝虎。「舅舅，我娘給我托夢了。」

第二十章

謝虎原來只是隨意坐在那裡，聽到這話，猛然坐直了身子，意外看著林悠悠。他這妹妹都死了十幾年了，以前從來沒聽外甥女說過妹妹有托夢啊，怎麼現在突然說起這話？

倒是游氏面上露出了關切，靠近林悠悠一點，伸手拉著她的手輕拍，以示安慰。「妳娘都跟妳說了什麼？」

林悠悠腦袋裡想著的卻是，這個舅母將原身賣給了過路的行商，害原身被凌虐而死。此刻舅母滿臉和善，滿眼關切看著自己，說著這樣關心的話，當真是知人知面不知心。誰能想到這溫和的外表下，竟藏著那樣一顆蛇蠍心腸呢？

林悠悠心裡轉過很多的念頭，面上卻沒有顯示出半點來。

「我昨天晚上夢見我娘，她坐在那邊看著我哭，後面才對我說，說她嫁錯了人，結果丟了命，還害得我這樣認賊做母，過得這樣淒涼。」

這話一出，謝虎和游氏都嚇了一跳。

游氏握著林悠悠的手緊了幾分。「悠悠，妳說的可是真的？」

「自然是真的。因為我娘給我托夢，以前沒注意到的，現在也想起來了。娘懷弟弟的時候，身體一直很好的，旁邊的婆婆也說娘這是第二次生孩子了，也養得好，是沒問題的。但後來，娘就摔倒了。那是個下雨天，天氣很不好，娘還要出去。回來的時候，娘就和爹吵架了，說爹對不起她，竟然在外面有了別人。然後娘就跌倒了，渾身的血。」

謝虎整個人都差點跳起來，當時他也覺得有所不妥，但那時候，林大谷表現得很癡情，在妹妹的靈前幾度哭暈過去，他才以為是自己多想了。

如今聽外甥女的意思，怕是其中有隱情。

曾經，謝家家境不錯，又只有謝虎和謝枝兩個孩子，對女兒也是極好的，給謝枝的陪嫁很豐厚。那時候，林家非常窘迫，連聘禮都只出得起一兩。當時如果不是謝枝一心要嫁林大谷，林大谷怎麼可能娶得到謝枝？

如今十幾年過去了，林大谷倒是發家了，在鎮上有了鋪子、宅子，生意也做得紅火。看到林大谷，大家都要喊一聲林老闆。

謝家則是走下坡路，謝虎不務正業，以前還會賭錢，家業敗得差不多了，所以，這些年謝虎看到林大谷也是恭敬得很，就指望著林大谷能從指縫裡漏下一星半點的給他，他家日子也能好過點。

「爹怎麼能這樣呢，當年靠娘的嫁妝買了宅子，租了鋪子做生意，如果沒有娘的嫁妝，爹哪裡有那麼多銀子做生意，只能在鄉下種地呢！結果爹有錢了，卻是讓張氏和她帶來的女兒享受了。那林柔柔，我看著就和爹爹長得很像，而且爹爹對她也是極好的，嫁妝都比我多好多，這要不是親生的，誰信啊？誰會對不是親生的女兒比自己親生女兒還好的？娘的嫁妝不該花在他們身上，該拿回來。舅舅、舅母，你們幫幫我好不好？」

謝虎和游氏對視一眼，皆從對方眼中看到了幾分光亮來。

那林家的雜貨鋪乃是靠著謝枝的嫁妝開起來的，也該屬於林悠悠。林悠悠如果親近自己舅舅舅母的話，以後自家需要做個生意，會不拿出來嗎？

游氏這下不只面上有笑意，連眼中都有了笑意。但很快又被關切給取代了，她將林悠悠攬入懷中，心疼道：「我可憐的悠悠呀，不怕，以後有舅母在，肯定不讓他們欺負妳。」

「對，還有舅舅在，不能讓我們悠悠受委屈。」

似乎終於感受到了來自親人的溫暖，林悠悠面上露出了開心的笑意。

游氏接著道：「悠悠，這個公道，舅舅舅母一定會替妳討回來的。只是，如今口說無憑，還是需要證據的。妳娘還有沒有跟妳說什麼其他的，妳好好想一想。」

「那張氏的夫君據說是暴斃死的，這裡怕是有蹊蹺，可以查一查。」

這……沒有現成的證據把柄，還得去查，也不知道能查出個什麼結果來，游氏和謝虎就有些打退堂鼓了。

這時候，林悠悠卻從袖子裡掏出了五兩銀子，將之放在桌子上。

頓時，游氏和謝虎的眼睛就挪不動了。這可是五兩銀子啊，這樣的一個銀錠子，他們多久沒有看到了。

謝虎控制不住地拿起了銀錠子，放在嘴裡狠狠咬了一口，雙眼就亮了。

「舅舅、舅母，這些錢你們拿去用，這是昨天夢裡娘讓我拿來幫忙調查用的。」

聽到這話，謝虎面色一僵。「妳娘讓妳拿的？這銀子……」

林悠悠當即露出憤恨的神情來。「我哪裡有銀子？那個爹爹只會做一些表面工夫，在我聽話的時候，給我一、二十個銅板去買糕點吃，多的卻是沒有了。就算是出嫁，嫁妝也是少得可憐。這五兩銀子，我怎麼可能會有？這是昨天夢裡娘告訴我的，是她以前藏的錢，我就照著她說的去林家裡找，果真找到了，和娘說的一樣，正好五兩。」

謝虎突然覺得手上的銀子有點冰涼，心裡也有些毛毛的。原本聽的時候，還當是故事呢，這下倒覺得是真的。就他印象裡，這個外甥女素來都是嗜嗜呼呼的，哪裡編得出這樣的話來。

那麼，真的是妹妹死不瞑目來托夢了。若是如此，謝虎突然覺得這銀子拿得有些燙手。

「悠悠放心，我們一定好好查查，給妳娘一個公道。」游氏伸手拍了拍謝虎，讓他先將銀子接過來，將事情應下。

游氏又拉著林悠悠說了一會兒安慰的話，要留她吃飯，林悠悠卻是拒絕了。

出了謝家，林悠悠就回去了。她倒是不擔心謝虎游氏二人收了錢不幹活，畢竟還有更大的利益在前面吊著。

到時候，只要查出了林父和張氏的貓膩，謝虎和游氏豈能放過？屆時，她坐山觀虎鬥就是了，負責在兩邊煽風點火，讓兩邊自取滅亡就好。

了。

解決了這兩邊礙眼的人，再準備好，她就可以一身輕鬆地離開這裡，去過自己的生活

到了劉家，林悠悠就上交了十兩銀子。

鄭氏驚喜又震驚。「悠悠，妳……」為何自己沒有將錢留下來，畢竟這真的是靠林悠悠自己賺的錢。尤其知道這些東西是她已經過世的娘在夢中教的，照這個賺來的錢，自己留下也無可厚非，畢竟這說是嫁妝也不為過。

而且就其他幾房的人，也沒有不藏私房錢的。對此，只要大面兒上過得去，鄭氏也是睜一隻眼閉一隻眼的。

所以，此刻看到林悠悠這般，自然是非常震驚的。

林悠悠則是笑道：「如今家裡要做買賣，而且夫君接著要考試，若是順利，怕是還得去府城，都需要花錢，多備些總是好的。錢放在娘那裡，我再放心不過了。」

聽到這話，鄭氏心頭自是動容，暗嘆這可真是個傻孩子啊！這麼傻、這麼好的孩子啊，倒是讓老四占便宜了。

「好，這錢娘收著。」鄭氏眼裡有晶瑩的淚光閃過，指了指廚房，道：「娘知道妳愛吃魚，今兒個村子裡有人抓了大魚，娘就買了一條，有五、六斤重，妳去看看吧。」

林悠悠頓時眉眼彎彎，露出了個璀璨的笑容。

「快去吧。」鄭氏看著這樣一個乖巧柔軟的兒媳婦，也是忍不住心頭一陣柔軟，想著要是有女兒，會不會也是這般。

林悠悠此刻去了廚房，果然看到木盆裡養了一隻大魚，肥肥的身子在小木盆裡翻騰著，看著就很可口。

這麼大的一條魚，她得好好想想要怎麼吃。魚肉這麼多，可以做魚丸，還做個酸菜魚，上次自己醃製的酸菜也好吃。魚頭這次不做湯了，反正劉彥不在，她就做個剁椒魚頭，好吃又下飯，都多久沒吃過了，這次得好好嘗嘗。

果然，魚全身都是寶，沒有一處浪費的，全都給安排得明明白白。

待晚飯做好，劉家上下都縈繞著誘人香味的時候，劉老漢和劉三郎都回來了。

看兩人神色還不錯，看來今天都挺順利的。

劉老漢存了一肚子的話，一進門就準備要說，誰知道被那濃郁的香味一衝就啥也忘了，腦子裡只剩下老四媳婦今天又做啥好吃的了。

不只劉老漢如此，其他人也是，都沒聊天說話的慾望，都是快速洗好手，等著開飯呢。

又是一頓盛宴，劉家人一個個滿足得不行，只覺得現在這個日子，真是神仙來了都不換。這樣的日子，才有滋有味呀！

眾人收拾完碗筷，就在堂屋裡坐著。李氏端了茶水上來，給每個人倒了茶。劉老漢喝了口茶，這才說起了今天去碼頭的情況。

「上次去，因為只是我一個人，就覺得那裡很熱鬧。今兒個去的人多，還有牛車，才知道那裡當真是規矩，處處都有衙役在指揮呢！今兒個還遇到了你們舅舅在那裡賣枇杷，生意也是好，一個上午就賣完了。我說就在我們這邊吃點東西，反正自家就是賣吃食的，總不能餓著肚子回去。但你們舅舅就是客氣，拒絕了，非得趕回家去吃飯。」

那鄭家的枇杷是不愁了，不然想起那日，鄭家人無助淒涼地站在院落裡面，林悠悠還是挺不忍的。

「果然把茶寮賣掉是對的，茶寮哪裡有碼頭那裡生意好。那裡人是真多，來來往往的，生意也好做。我們在那裡賣吃食，最好賣的還是韭菜盒子，然後是花卷；饅頭比較一般，碼頭那裡也還有其他家賣饅頭的，所以沒那麼好賣。最後算下來，一日能賺兩百多文，這一個月下來就是七、八兩銀子。」

這可跟原來不一樣，原來身上還背著債，賺的錢就想著要早日將債給還了。如今不一樣，賺了錢就能夠攢下來。一個月當真有六、七兩的話，一年得有多少銀子？

接著就是劉三郎了。他今天出去收貨，也是收穫不菲。

「這個買賣真的可以做。那些山貨乾貨，什麼紅豆黃豆花生的，去鄉下收和去鎮上買的，真差了不是一星半點。難怪鎮上那些糧油鋪子、雜貨鋪都那般賺錢，沒去過，當真不會知道。以後自家的東西就從我這裡拿，剩下的我再去鎮上賣。」

劉三郎本來就不愛幹田地裡的活兒，他嘴巴厲害，如今這活兒特別適合他。借個牛車就到處收東西，然後倒賣出去就能賺上差價。等以後賺了錢，他就自己買輛牛車，再穩定下來就在鎮上租個鋪子，想想都覺得很有幹勁。

他家裡可是三個兒子啊，得為兒子好好幹了。

劉老漢聽了越發高興，當即就數了三十個銅板給林悠悠。「老四媳婦，這個妳拿去，明日買點好吃的讓大家都補補。」

林悠悠接過，目光掃了劉家眾人一圈。她還記得剛來的時候，大家都是面黃肌瘦，如今一個個臉上都有肉了，尤其是幾個小的，都有些白白胖胖了。

她感覺自己是不是帶壞了這群純樸的古人了？以前他們都是喝稀粥吃乾餅的，不講究吃飽，只要能吃半飽就好。現在已經知道開心就要吃好吃的，還越來越大方了。

不過，這未必不是好事。人生就應該及時行樂，唯有美食與愛不可辜負。這樣的日子才有意思，才是鮮活的。

林悠悠接過劉老漢給的銅板，就開始計劃了。明日去鎮上買些肥肉來熬油，到時候做個豬油拌飯，那叫一個香。油渣也好吃，拿來炒菜也很好。她再去書鋪看看有沒有關於地理風土人情的書，需要了解一下這個世界，這樣對於未來才不會迷茫。

次日，林悠悠去了鎮上，先去肉攤買了肥肉、大骨頭、五花肉。因為還要去書肆，就將東西先寄放在肉攤那裡。

這般，她找人問了路，然後找到了書肆。

這書肆就開在鎮上唯一的書院旁邊。林悠悠下意識看了看旁邊的書院。

其實說是書院，也就是一個簡單的宅子改造的，上面掛了一個牌匾，寫著「青松書院」；院子裡種了好幾棵松樹，鬱鬱蔥蔥的。今日，書院很是冷清，門也關著。

有人路過，見林悠悠看著，就解釋道：「書院的夫子昨日就帶學生去了縣城。明日就是縣試的日子，夫子帶他們去考試了，所以書院關門幾日呢。這可是大事，不知道這次鎮上能有幾個人考中？去年的縣試，我們鎮上一個都沒考中，當時那夫子都氣病了。哎，希望今年能好。」

那人說完，也就走了。

林悠悠則是默默在心中補充，今年肯定不一樣了，有劉彥在，自然是出類拔萃，拔得頭籌的，怕是這書院外很快就要張貼紅榜了。

不過，這些和她其實也沒有多大的關係。劉彥好不好對她影響不大。當然劉彥的人還不錯，若是過得好，她也是開心。

林悠悠進了書肆。書肆裡沒有客人，只有一個夥計在櫃檯前面打瞌睡。她也沒打擾，自己在書肆裡面先看著。

這個書肆很小，只擺了三排書櫃，上面放的書都是啟蒙或是和考試有關的。反正，她沒看到雜書，像是詩歌集、話本、地理類的都沒有。

她不免有些失望，看來還是要去縣城買才行。

下次找個機會，和劉彥一起去縣城走走看。一來看下有沒有合適的書，二來，也看看縣城有什麼不一樣。

第二十一章

又過了一日，林悠悠訂做的燒餅爐子就好了。

基本和她預期的一樣，只有一些細節處略微不同，不過都是小問題，林悠悠與李老頭溝通了一番，又花費了一個時辰，終於完成了。

「這爐子挺重的，妳先回去，待會兒我讓我家小子給妳送家裡去。」

「那就太感謝你們了。」林悠悠笑著謝過，就出了鐵匠鋪。

不自覺地，她又走到了青松書院門口。今日，書院的門依舊關著，冷冷清清的。

今日是縣試的日子了，不知道劉彥怎麼樣了？是也有點緊張，還是胸有成竹？林悠悠站在那裡想了一會兒，搖了搖腦袋。

自己真是奇怪了，替他想那麼多做什麼？人家未來可是權傾朝野的閣老大人，心理素質必然是強大的，否則怎麼能夠從一個籍籍無名的鄉野小子，走到一人之下萬人之上的高度？她真是杞人憂天，有這時間，還是想想自己吧！

林悠悠先是在街上逛了一、兩圈，就回了劉家。

到家的時候，鐵匠鋪已經將爐子拿了過來。林悠悠這就洗了手，將鐵爐搬到廚房去，開始準備做燒餅了。

首先要揉麵發麵。林悠悠將揉好的麵團放在灶臺上，這裡溫度高，更容易發酵。做燒餅還得晚一些時候了，有時間就先做個午飯。反正都揉麵了，中午就吃麵吧。

這次，林悠悠打算做個拉麵，這個好吃。

她做了拉麵，然後涼拌下，再加點黃瓜絲，更有風味。

午飯雖然簡單，就一個拉麵，一個絲瓜蛋湯，但味道好，大家都吃得舒服滿足。

吃過午飯，林悠悠先去午睡了一下，又開始做燒餅了。

昨天的油渣還剩下一些，再加上酸菜、蔥花做餡料，然後將其壓平，再用筷子壓幾個洞，最後放到爐子裡烤。

第一爐燒餅出爐的時候，林悠悠旁邊已經圍了好幾個大人小孩。好在一爐能有二十幾個燒餅，每人分一個，還能剩下好些。

一人拿了一個去吃，林悠悠也拿了一個。和記憶中的燒餅差不多，焦脆的外皮、有嚼勁的口感，餡也很香，和市面上的燒餅很不一樣。

這次的燒餅自然又得到了一致好評，林悠悠也對燒餅很是滿意。

等到傍晚，劉老漢回來，也吃了燒餅。他雙眼發亮，滿臉期待地看向林悠悠。「老四媳婦，妳這燒餅……」

嘗到這燒餅的好味道，劉老漢還是動了心思。如今碼頭的生意很是好做，這燒餅的味道他也嘗了，又是這般好，拿到碼頭去，肯定也是好賣的。而且他發現這燒餅和其他吃食不一

讓田生和春草早日成親。都說先苦後甜，他們兩個前面不容易，後面就會越來越順的。」

鄭氏也跟著高興，拉著弟妹趙氏的手。「這下妳可算是放心了，往後的日子都是開開心心的了。」

「是啊，還多虧了你們的開導，才有了如今的舒心啊。」

「都是一家人，不要這麼客氣。」

「是，所以這枇杷你們拿回去吃，不要客氣，不然就是不把我們當一家人了。」

趙氏忙塞了一小筐新鮮枇杷過去。每個枇杷都漂亮，上面蓋著剛摘的新鮮枇杷葉，襯著枇杷又大又黃。

鄭剛和趙氏這就回去自己攤子，而劉家這邊已經將攤子都擺好，可以開始做生意了。

過了一會兒，有人過來看這邊賣什麼，見韭菜盒子做得酥脆，香味也飄了出來，就買了一個嘗嘗。嘗完後，覺得味道不錯，又買了一個。

買了就站在那裡趁熱吃，還酥脆著呢，然後看到林悠悠在那裡擺弄一個鐵爐子，好奇地湊上去看。爐子樣式新奇，是他從未見過的。看這樣子，怕是要做個什麼新奇吃食，因此韭菜盒子吃完了，那人也沒走，就在那裡看著林悠悠擺弄。

他看著林悠悠做了好幾個餅胚，然後一個一個貼到那爐子內側，這是要做餅？

約莫一盞茶的功夫，爐子裡就傳來了一陣陣的香氣。那人原本等得有些沒意思了，正準備走呢，這下聞到香味，腳步就挪不動了。

「這做的是什麼？怎麼賣的？」

劉老漢笑盈盈介紹。「這是鍋爐燒餅，香得很，保准客官您吃了還想吃，一個一文錢。」

這個價錢也不貴，客人當即就要了一個。

林悠悠用鐵夾子挾了一個出來，用油紙包了給那人。「剛出爐的，還燙得很，客官小心。」

剛出爐的燒餅確實燙得很，那人雙手來回拿著，感覺沒那麼燙了，趕緊咬一口，外皮酥脆，裡面則是香得很，餡料裡還有肉。吃了一口又忍不住第二口，沒幾口，一個燒餅就吃完了。

這燒餅也太小了，當真就他巴掌大，感覺才嘗出了個味道就吃完了，吃了更想吃。

「再給我來兩個。」那人連忙又要了兩個。

路過這裡的聞到香味都會停下來，問了價格覺得不貴，都買了一個嘗嘗。

好幾個人看到這裡好些人，都往這邊來，然後，燒餅就賣得火爆。

劉家人樂得合不攏嘴，但也是忙得腳不沾地。

劉老漢想著按照這個勢頭下去，等到年底可以拿點銀錢出來，將宅子修繕一下；還有，大房家的虎子也可以開始相看了。說起虎子，也好久沒見，有一個多月了。本來是半月就回來一次的，但是聽說虎子的師傅接了好幾個活兒，忙不過來，虎子就一直沒回來了。

而大房的大丫頭也是很久沒回來，說是繡坊老闆娘請了個厲害的師傅來，大丫就傳信回來要在那裡跟著多學習。

劉老漢這裡才唸叨著虎子和大丫，琢磨著找機會讓鄭氏帶著老大家的抽個空去看望一下，誰知道還沒計劃上呢，被惦記的兩個娃晚上就回來了。

「爺奶、爹娘，快來，妹妹受傷了！」

今日燒餅賣得好，大家都高興，就去割了肉、買了酒，吃了頓好的，一起開心一下。剛好吃完，大家正說笑呢，猛然就聽到外面有聲音。

「這是虎子的聲音。」陳氏一下子就聽出來了，當即起身往外跑。

其他人也跟著趕緊出來，就看到虎子背著妹妹大丫，滿頭滿臉的汗。

而在虎子背上的大丫面色蒼白，額頭見汗，一雙垂下的手被白布包著，白布上滲著血跡。

第二十二章

看到大丫這樣子，陳氏差點沒當場暈過去。還好旁邊的劉大郎一把扶住了，正擔憂地拍著陳氏的後背。「虎子娘，妳可別嚇我呀！」

陳氏緩了緩，撐著劉大郎的手站了起來，一邊走一邊掉眼淚。「這是怎麼了？」

「先進去，進去說。」鄭氏看著已經有村子裡的人聽到動靜，往這邊看了，就招呼大家先進去。

眾人這就進去，陳氏走在虎子旁邊，伸手想要去摸摸大丫又不敢，一雙眼睛已經紅紅的了，眼淚也還在掉。

劉大郎這個農家漢子此刻也是急得不行，但也不敢亂動，著急得眼睛發紅。

眾人進了院子，直接一路去了堂屋，院子門也被鄭氏關了。還不知道是什麼情況，先不要讓外人知道了。

進了堂屋，虎子將妹妹放在椅子上。大丫此刻彷彿失去了生機一般，雙眼雖然睜著，卻是空無一物，呆呆地不知道看向何方。她被安放在椅子上，就乖乖坐在那裡，安安靜靜，不哭也不鬧。

這樣子，看得陳氏的一顆心幾乎要碎掉。「大丫，怎麼了？不要嚇娘呀！」

大丫卻像是沒聽到一般。陳氏就看向虎子。「虎子你說，究竟是怎麼回事？」

虎子如今也是滿眼血紅，握緊了拳頭。「具體的我也不知道怎麼回事，是繡坊裡面的秀兒給我傳信，說是妹妹不好了，讓我趕緊去。我去的時候，妹妹就被隨意扔在柴房。我當時就想將那繡坊掀個底朝天的，還是秀兒給我拉住了，讓我先送妹妹去醫館。大夫說妹妹身上別的都是皮肉傷，只是一雙手傷得厲害，得好好養著，才有可能恢復。若是一個不慎，有可能以後不能做靈活的事情。」

說完，虎子一個少年郎也忍不住落了淚。

妹妹是多麼乖巧懂事，一手繡活誰見了都誇，如今傷了手，如果養不好的話，以後做不了靈活事情。以後妹妹的手拿不了針，讓妹妹怎麼活？

眾人聽了，也是又恨又擔心。

劉老漢面沈如水，控制了一番情緒，沈聲道：「當務之急是先安撫好大丫頭的情緒。然後明日趕緊送去縣城，找個有名的大夫。這手可是頂頂重要的，只要能治好，不管多少銀錢都行。話我放在這裡了，不管是誰，受傷生病了，我都是一個態度。人最重要，錢還可以賺。」

劉老漢先將話說在前頭，免得其他房的人心裡不舒服，到時候花錢厲害了，又有話說。

眾人連忙說應該的。劉老漢銳利的目光將大家都掃視了一遍，見大家確實沒有什麼怨懟，這才放緩了面色。他就怕自家骨肉在關鍵時刻計較身外之物，那他就太傷心了。

劉老漢繼續說道：「還有第三，就是大丫頭的事情不能這樣算了，必須弄個明白，到底是什麼原因將大丫頭傷成這樣。如果確實是大丫頭理虧，那我們認了。但如果大丫頭沒錯，那我們劉家這麼多的男人也不是吃素的，必然要給大丫頭討回一個公道。你們兩個做叔叔的，說是不是這個道理？」

劉老漢就看向劉二郎和劉三郎，看他們的意思。

劉二郎木訥，此刻也說不出什麼來，就鄭重道：「爹，您放心，我肯定給大丫出頭。」

劉三郎嘴巴就甜得多了。「爹，瞧您說的，這麼不相信我們。大丫是我從小看著長大的，那也是當親生女兒一般。如今大丫這般，我看著心裡也難受得緊。不用您說，我肯定也是要去鎮上繡坊好好問一問的，定然不會讓大丫白吃這個虧。」

劉老漢這才滿意了，點了點頭，看向陳氏。「天色不早了，老大家的，妳先帶大丫去休息吧，好好安慰安慰大丫。」

至於其他的，他就沒說了，老大家的自然會知道。待會兒再交代老婆子去幫忙一下，然後就叫了虎子出去問話。

不過虎子也不太清楚發生了什麼事情，知道的剛才也都說了。

既然如此，只能等老大家的那邊安撫好了大丫頭，從大丫頭那邊問問了。劉老漢嘆了一口氣，在院子裡面走著，心頭發悶。

近來總是不太平，才覺得日子好過，就會出點事情。

這般，劉老漢就忍不住想到了劉彥。也不知道老四在縣城考試怎麼樣了，半點消息也沒有。如今家裡又出了這樣的事情，他心裡有點慌。但他是一家之主，面上卻是半點不能慌，否則這個主心骨慌了，其他人怎麼辦。

劉老漢在院子裡來回走了好幾圈，累了才回房間。鄭氏正坐在床上抹淚呢，也是剛從大房那邊過來。

劉老漢問道：「大丫怎麼樣了？」

說到這個，鄭氏就忍不住要掉眼淚。「真真是可憐，那雙手是被夾傷的。也不知道是用什麼夾的，十根手指頭都受傷了，青紫腫脹還流血，看著都疼。」

聽著這話，劉老漢面上也忍不住露出驚色。「這太過分了！必須找他們要個說法。」說完這個，又問：「那大丫有沒有說因為什麼？」

「還沒說，還是呆呆的。看她這樣，我這心裡也難受。」說著話，鄭氏也跟著哭了起來。

劉老漢不說話了，也坐在床邊，拿出旱煙抽著，緩解一下心頭的難受。

老夫妻就這樣坐著，也不知道過了多久，還是劉老漢先鎮定下來，拍了拍鄭氏的肩膀。「睡吧。」

如今也沒有其他辦法，老夫妻躺在床上，好一會兒才迷迷糊糊睡著，卻是寂靜之中猛然傳來了嗚嗚咽咽的哭聲，一會兒高一會兒低的，聽得不是很真切。

劉老漢翻個身，準備繼續睡覺，卻是猛然想起什麼，一下子坐起身來，細細聽了一下，然後忙伸手去推鄭氏。「老婆子，快起來。」

鄭氏心裡藏著事情，睡得也不深，這會兒被劉老漢一推就醒了。

「那是不是大丫在哭？」

鄭氏凝神聽了一下，當即面色一變，就起身來。「我過去看看。」

鄭氏穿了衣裳，忙往大房那邊去了。

劉老漢一下子也沒有了睡覺的心思，坐著等鄭氏回來。

鄭氏這一去，就去了一個時辰。一回來，面上神色滿是憤怒。

「怎麼樣了？」劉老漢趕忙問道。

鄭氏就將事情娓娓道來。

起先大丫還是呆呆的，但陳氏極有耐心，不停勸說安撫，終於讓大丫緩了過來，先是痛哭了一場，然後哭著將事情給說了。

大丫是在鎮上的繡坊裡做事情，鎮上就這一家繡坊，老闆是個寡婦，膝下就一個女兒。這家繡坊在鎮上有十幾年了，口碑一直很不錯，生意做得很好，據說老闆娘也很有手腕，和省城的大老爺都認識。

這家繡坊不僅做鎮上的生意，還經常往外賣，這樣僅靠繡坊裡的女工有些不夠，因此老闆娘常年招人。凡是有點手藝的都可以去試試，在那邊可以一邊學習一邊做。銀錢是根據手藝和工作量來算的，也很是公道，大家都信服。

大丫的繡活不錯，就去試了，自然是被留下，在那裡幹了兩年多，一直很得老闆娘的賞識，上個月回來還說準備要加工錢的。

變故就出在這個月，繡坊裡面來了一個老師傅，據說手藝了得，就是在京城也是小有名氣的。這位老師傅的家鄉在鎮上，來這裡投奔後輩養老，被老闆娘請回來，教導繡坊裡的女工。

而老師傅教導了幾天，發現大丫的手藝不錯，就動了收大丫為徒的心思。誰知道卻是惹了旁人不快，竟然動了手腳，栽贓大丫偷東西，偷的還是老師傅的金針銀線。這可是老師傅的寶貝啊，老師傅大怒，卻是證據確鑿，老師傅很失望，要將大丫送去見官。

經老闆娘說情，她沒被送官，卻是被施以夾刑，直夾得十根手指頭血肉模糊方罷。

「大丫一直喊著她是冤枉的，好不容易被哄睡了，睡夢裡還在說著冤枉呢，真是可憐見的。大丫我最是清楚了，說她偷東西，我是萬萬不信的！」

黑暗中，劉老漢一雙眼眸黑黝黝的。「我也是不信的，我們劉家人也不是那麼好欺負的。」

這一夜，注定是個不眠之夜，大家都沒有睡好。但第二日，卻又都早早起來了。

林悠悠也起來了。她不知道該如何安慰那個小姑娘，想著做點好吃的，讓對方心情好一些。都說不開心的時候，吃點甜的心情會好一點。

她打算做個小蛋糕，再煮個雞蛋酒釀。

一大早的，陳氏進了廚房，想給大丫做點好吃的，結果就看到林悠悠忙前忙後的身影。

「四弟妹在忙呀？」陳氏沒什麼精神，簡單和林悠悠打了下招呼，捋起袖子就準備做早飯。

「大嫂，我在給大丫做點好吃的，妳待會兒看看合適不合適。」

陳氏的動作一頓，沒想到林悠悠這麼早起來，竟然是給大丫做好吃的，當真是有心了。陳氏頓時覺得鼻頭有些發酸，道：「四弟妹妳做的，都好吃。」

林悠悠抿嘴笑了。自己做的東西，能夠得到別人的認可和喜愛，就是一件很開心的事情。

接下來，陳氏就在一邊給林悠悠打下手，沒一會兒功夫，就將鬆軟可口的蛋糕和風味獨特的雞蛋酒釀做好了。光聞到那香甜的氣息，心情都跟著變好了似的。

「端給大丫吃吧！」

林悠悠就跟著陳氏一道往大丫的房間去了。到了房間，大丫已經起來了，正坐在床上，神情有些愣愣的，不過比起昨晚好很多了，這會兒的眼神多了好些情緒，有傷痛，有不解，有忿恨。

她聽到動靜，轉過頭來，看到是陳氏和林悠悠，打起精神來，打了招呼。「娘，四嬸。」

陳氏就去拉大丫。「這是妳四嬸一早起來給妳做的好吃的，妳快來嘗嘗。妳四嬸手藝可好了，她做的吃食，從來沒有人說過半個不好的。」

大丫順著陳氏的力道，跟著陳氏出了房間，到了堂屋。

林悠悠將做好的吃食放在桌子上，大丫的目光頓時就被吸引過去了。她從來沒見過這樣的吃食，看著就好吃。

「來，大丫嘗嘗四嬸的手藝。」

陳氏伸手拿起一塊蛋糕，放到大丫嘴邊，大丫張嘴咬了一口，頓時雙眼都彎了起來。入口鬆軟香甜，非常好吃，她從來沒有吃過這樣的糕點，不知道如何形容，反正很好吃就是了。

因為蛋糕帶來的驚喜，她對旁邊的酒釀雞蛋也很感興趣，陳氏就拿起調羹餵大丫嘗了一下。

陳氏一直暗中觀察大丫，見大丫的面色緩緩舒展，眼睛裡也有了光彩，頓時高興得不行，對著林悠悠投去了感激的目光。

早上大家吃完飯，劉大郎就去借了牛車，準備送大丫去縣城。孩子的手最重要，其他的事情都可以暫時先放一放。陳氏作為大丫的娘，自然是要跟著去的。

劉老漢也跟著去，他作為一家之主，得跟著去看看發生了什麼事情。

林悠悠也去了，一來確實關心大丫，二來則是去縣城的書肆看看有沒有合適的書。

這般，大家快快吃過早飯就出發了。

花了差不多兩個時辰才到縣城。出門的時候還早，帶著點涼意，現在到了縣城正好是正午，一天最熱的時候。大家都熱得出了一身汗，男人們更是滿頭滿臉的汗。

林悠悠也好不到哪裡去，只覺得渾身上下黏黏膩膩的，真是恨不得立刻沖個澡才好。

眾人跟著路人打聽了醫館，知道有一家開在縣衙旁邊的回春堂是縣城最好的醫館，連忙循著一路過去了。

到了回春堂，大家都怔了一下。不愧是縣城最大最好的醫館，果然是氣派非凡，就那個牌匾也是大氣而古樸厚重。這家醫館看著比他們鄉下住的宅子都大，讓人有些泛怯。

林悠悠也是若有所思。這就是古代的醫館，還是她第一次來。其他的不知道，但只空氣裡瀰漫的藥味，就覺得和現代的似乎有些不同，帶著一種特別的香味。

劉老漢當先進去，劉大郎則是小心地將大丫給扶了下來。

「大丫，要不然讓爹背妳進去吧？」

昨日夜裡，虎子將受傷的大丫背回來的情景，他至今忘不了。所以總覺得大丫虛弱異常，自己不好走。

大丫倒是擺手。「爹，我傷的是手，又不是腳。真要背進去，待會兒讓大夫笑話了。」

劉大郎這才作罷。

大丫此刻心裡是既期望又害怕，期望能夠治好自己的手，又害怕自己的手治不好。要是連縣城的大夫都治不好，她的手就真的廢了……

正在大丫胡思亂想的時候，感覺手腕被人握住了。轉頭去看，就看到四嬸正握著自己的手，雙眸含著鼓勵地看著自己。

「沒事的，不怕。就算縣城治不好，還有府城，還有州府，還有京城。天下那麼大，總會有能治好妳的手的大夫。妳還那麼年輕，還有很多機會的。」

大丫突然覺得自己不慌了。四嬸說得很有道理。大丫看著林悠悠，忍不住輕輕眨了眨眼睛，覺得這個四嬸很是不同。以前的四嬸，眼睛跟長在頭頂上一般，從來不會搭理她的。但這次回來，四嬸卻像是變了一個人一樣。

「進去吧。」

幾人進了醫館，立刻就有個夥計過來招呼。「幾位是來找葉大夫看病，還是回春堂的大夫看病？」

這話問得好生奇怪，劉老漢一下子不知道其中區別，不知所措的時候，林悠悠輕柔的聲音傳來。「我家姪女傷了手，鎮上的大夫都束手無策，特地來縣城看看。小哥，哪位大夫擅長我家姪女的這個病症？」

林悠悠三兩句話就將事情說了清楚，夥計立刻明白了，就道：「那讓葉大夫看看吧！來找葉大夫看病的人很多，來這邊排隊。」

夥計一邊說，一邊將劉家一眾人引到了旁邊一個大堂內。大家頓時吃了一驚，只因為這裡真的好多人，排隊看病或者是陪同的家屬，隊伍已經快要排到門口。好傢伙，前面起碼有三十多人。

都已經這個時辰了，還這麼多人，可見這一天來找葉大夫看病的有多少人。

見到這陣仗，陳氏嚇了一跳，小聲道：「這個葉大夫是神醫嗎？這麼多人來找他看病？」

前面正在等候的人聽到，就回道：「葉大夫可不就是神醫？聲名遠播，就連府城都有人專門趕過來找他看病的。」

「啊，竟然這樣厲害。那可好了，我們家大丫的手一定能治好。」陳氏頓時雙手合十，小聲感謝觀世音菩薩。

幾人就在這裡排隊等著，等了約莫一個多時辰，可總算是到了。

終於輪到了大丫，陳氏連忙將她扶到葉大夫對面坐下。

葉大夫年紀很大，頭髮鬍子全白了，但看著慈眉善目的，很是平易近人。

葉大夫先是問了幾個問題，然後讓大丫拆開紗布，仔細檢查了一下大丫的手指。其間，更是伸手按了按，捏了捏，痛得大丫眼淚汪汪的。

一通看診下來，卻沒有說怎麼樣，可是將劉家人給急得不行。

「大夫，我家閨女的手怎麼樣？」陳氏等不及，眼睛紅紅地問著。

「可以治，也能恢復如初，但是花費不少。這需要用到我獨門調製的白玉膏，裡面用的都是珍稀藥材，一管要三十兩。她這個要想恢復如初，需要連續用三個月，一個月一管。」

三十兩，要三管，那就是九十兩！

這就是將近一百兩只給大丫治手。陳氏和劉大郎的心頓時慌了，忙去看劉老漢。

第二十三章

雖然劉老漢說過多少錢都要治好大丫，但定然也不知道要花這麼多錢。在鄉下人家看來，要花十幾兩已經是天價，高不可攀了。

此刻劉老漢也是有些為難。雖然是孫女，但大丫是第一個孫女，也是疼愛得緊，但這要將近一百兩，也委實太多了些。家裡好些事情都等著要用錢，老四要唸書，這就是一筆很大的開銷；虎子也大了，現在也可以準備相看人家了。到時候定下了，辦婚事要錢。等虎子成親，房間就不夠了，得翻新兩間，這也要錢。

劉老漢一時有些為難，沒有立刻說話。

他這一沈默，在劉老大和陳氏眼裡等於是默認了，兩人頓時面如土色，一股巨大的悲傷襲上了心頭，只覺得難過得窒息。

大丫此時也是含著淚，哽咽道：「娘，我們回去吧，不治了。繡花也沒什麼好的，如果我不會繡花，就沒有這樣的禍事了。這樣也挺好的，只是不能做精細的事情，其他的並沒有影響。」

聽了這話，陳氏的眼淚頓時落下來了。她抱著大丫不敢哭出聲，只是不停掉眼淚。她不知道該恨誰，該怪誰，心裡就是難受，堵得慌。

而劉大郎一個男人也是眼睛紅了。

林悠悠在一邊看著，很是不忍。她去看劉老漢，不相信劉老漢真的不給大丫治手。明明來之前，劉老漢那樣說過了，無論多少銀子都要治的。

只是，林悠悠才轉頭，就聽到了劉老漢的答案。

「好，我們治的。只是大夫，我們這會兒沒有這麼多銀錢，大夫先開一些藥，讓大丫的手不會惡化。然後我們回去再繼續攢錢，一攢夠了就來買您說的那個藥膏。」

劉家才將欠的錢給還了，這下也才攢了幾兩銀子，真是沒錢。但他們肯定是會治的。如今碼頭上生意好，如意酒樓那邊商量好了，一月結算一次銀錢，距離一月也快了，到時候就有錢了。接下來的日子，他們劉家再努力努力，多做些吃食去賣，肯定能攢夠的。

聽到這話，葉大夫倒是震驚地看了看劉老漢。沒想到這個鄉下老漢倒是實在的人，也沒有放棄孫女，真的難得。

他緩和了語氣，道：「我先開一些便宜膏藥用著，雖然效果不是很好，但手指的傷不會惡化。等你們攢夠了錢，再來拿白玉膏。」

「好的，謝謝大夫了。」劉老漢連忙道謝。

劉大郎和陳氏則是愣愣的，有些沒反應過來，跟著夥計去抓藥。這邊，劉老漢也是跟著去交錢了，林悠悠則是留下來陪大丫。

大丫此刻也是滿眼感激，一雙眼眸也有了光亮。

這邊付完錢，抓了藥，具體問了葉大夫怎麼用，幾人就離開了醫館，趕緊趕牛車回去。不快點，怕是天黑前都趕不回家了。

幾人才出了城門，就聽到城裡有敲鑼打鼓的聲音響起來。

劉老漢頓時道：「這是來了戲班子嗎？這樣熱鬧。都隔這樣一段距離了，還能聽到敲鑼打鼓的聲音。要是不急著趕回去，也能去看看熱鬧了。」

其餘幾人也有幾分好奇，不過還是趕回去要緊。他們鄉下人極少進城，就算進城了，也是抓緊將要辦的事情辦完了快些回去，不然耽擱了時間，難不成還在城裡住下？那得平白花多少冤枉錢。

劉家的車正快快往回趕，而此時，縣城裡確實是熱鬧得很，因為今日是縣試放榜的日子。

不過，這些劉家人都不知道。

待到黃昏的時候，劉家人終於趕回家中。

眾人早就翹首以盼了，此刻看到人回來，當即忙活了起來。還牛車的還牛車，做飯的做飯。

鄭氏招呼著眾人進堂屋，著急問道：「如何，大夫怎麼說？大丫的手能治好嗎？」

「能治好，大夫說好好用藥，幾個月就能完全治好。」

聽了這話，鄭氏連忙雙手合十。「老天爺保佑啊，感謝老天爺。」

看到鄭氏這般，陳氏卻是有些緊張。那九十兩的事情還沒說，娘還不知道，若是知道了，不知會是何反應。

劉老漢卻在此時開口了，將銀錢的事情簡單說了一下。畢竟這麼大一筆銀錢，肯定是要讓大家知道的。

鄭氏聽了，沈默了一瞬，但很快揚起了腦袋，道：「錢我們可以努力掙，大丫的手是肯定要治的。」

「是這樣的。」最斤斤計較的苗氏這樣說。

二房夫妻也是連連點頭。鄭氏這就放心了，她就擔心因為這件事情讓家人離心，好在這些孩子都沒讓她失望。

大丫的手有得治，大家算是放心了，晚上吃了晚飯，坐在堂屋裡說了一會兒話就去休息了。劉老漢吃飯的時候發話了，明兒個一吃完早飯，家裡所有的男丁都要去。他們劉家的姑娘不是那麼好欺負的，肯定要給個說法，討個公道的。

林悠悠也打算去，她怕劉家人被欺負。雖然明日去的男人多，但都是大字不識幾個的，真的遇到什麼事情，不知道如何應付。

這般，次日天才曚曚亮，大家就起來了，一個個面色慎重。

鄭氏讓李氏做乾飯，讓家裡男人們都吃飽了去，到時候才有力氣。

早飯時，大家也不說話，快快吃完早飯就出發了。

去的有劉老漢以及大郎、二郎、三郎，還有虎子以及鄭氏、陳氏和林悠悠，以及大丫。大丫肯定要去的，不然有些事情怕說不清楚。

「大郎你幹啥呢?!」劉老漢正要喊出發，目光一掃，就看到劉大郎扛著把鋤頭，眉頭頓時一跳，忙出聲喝問。

劉大郎眼睛紅紅的。「到時候我要問問，是哪個挨千刀的將我閨女的手給弄傷，我也給她的手來一下。」

劉老漢聽了這話，怒道：「我先給你一鋤頭！你這樣帶著鋤頭去，被人看到了，到時候我們有理都變成沒理了。你怕什麼，我們這裡這麼多人，還怕她們不成？給我把鋤頭放下。」

這般，劉家人終於出發了。到了鎮上，正好天光大亮，正是日頭最好的時候。劉家人一句話也沒說，面色沈沈地往繡坊去了。

到繡坊的時候，那裡還挺熱鬧的，老闆娘正在店鋪裡招呼客人，身邊跟著一個穿著青色衣裙的少女，看著跟大丫年紀差不多。

「真是恭喜林夫人了，公子這次縣試過了。」

「那小子也是僥倖得中。」

「林夫人真是謙虛。公子我是見過的，一表人才，如今又過了縣試，到時候一舉連中，您就是秀才的娘了。」

那位夫人被老闆娘恭維得很是開心，落在老闆娘身邊少女的目光也帶著笑意。這錢家閨女模樣生得好，聽說一手繡活也是出挑，還得了徐大師的稱讚，說是要收為弟子。那位徐大師就是在京城也是很有名的，這錢采荷若是做兒媳婦，也是不差的。

雙方妳來我往，正頗為順利的時候，劉家眾人殺到了，八、九個人一下子就將店鋪門口給堵住，看著怪嚇人的。

老闆娘正要說話，一邊的錢采荷倒是先驚呼出聲了。「劉繡荷！」

這是大丫的大名，是劉彥取的。他給家裡的小一輩都取了正式的大名，只是平日家裡人都喊慣了大丫二丫的，就沒糾正，但是在外面行走，還是要報大名。

劉彥給家裡的姪女取名，中間都帶了「繡」字，表示了他對姪女的美好祝福。從大丫一路下來，分別是荷、梅、蘭、菊。而下一輩的小子中間則是帶「錦」字，從虎子一路下去，分別是松、竹、柏、柳。

這時候，老闆娘目光也落在了大丫身上，快走幾步到了近前，道：「大丫，妳身體怎麼樣了，昨日采荷還說著要去看妳呢！」

大丫將頭撇開，不想說話。

看到老闆娘，她心裡很是複雜。

她一邊是有些感激老闆娘，那日的情形，她的雙手幾乎被夾斷，而那些人依舊激動地鬧著要將她扭送到縣衙去，幸虧老闆娘及時出面，才讓得她得以脫身回去。

但另一方面，也是有些怨恨的。因為那日老闆娘的話，徹底坐實了她偷竊的名聲。可她怎麼可能會偷竊？她是真心想要拜徐大師為師傅，想要好好孝順徐大師，怎麼會去偷她珍愛的東西呢？但是大家都不聽她解釋，只知道是從她的枕頭底下搜出了徐大師的金絲銀線。

想到那日的情景，大丫依舊覺得渾身顫抖。是氣是恨是怨，種種複雜情緒交織，使她撇開腦袋，不知道該以怎麼樣的心情面對老闆娘。

見大丫如此，老闆娘面上閃過幾分落寞之色，像是被疼愛的晚輩給拒絕的傷心一般。她微微偏了偏腦袋，調整了一下神色，笑著和劉家人打招呼。

「你們是大丫的長輩嗎？」

看到這樣熱情和善的老闆娘，眾人一時間不知道說什麼好。他們是來興師問罪的，但此時竟然有些發難不起來。

這個時候，林悠悠走到前面來，擋在了大丫前面，看向老闆娘，先是嘆了一口氣，道：「我是大丫的四嬸。大丫前日晚上被她哥哥背回去的，當時面色慘白，雙手血糊糊的，看著都嚇人。問了也不說什麼事情，一副絕望不想活的樣子。這不是寬慰了兩天，人才緩過來，我們才知道發生了什麼事情。

「說我們大丫偷東西，這簡直是笑話。我們家大丫從小就乖巧懂事，哪裡會偷東西？我們當時就氣憤異常，這事情是怎麼弄的，又不是公堂，隨便說幾句就將我們家大丫給定了罪名，這不是要逼死人？女兒家的名聲重要，哪裡能這樣隨便誣衊。老闆娘，我們就是來給大丫討公道的。」

老闆娘愣了一下。沒想到眼前這個小婦人看著柔柔弱弱的，說話倒是清亮又直接，她原先就是做了打算的，這大丫的家裡人怕是會來鬧事一番，所以一點也不慌。

她為難地道：「大丫這個孩子我也是知道的，勤快懂事。只是那日，人證物證確鑿，徐大師家的人還鬧著要將人送縣衙去，我當時就急得不行，想要快些平息大家的怒火，好讓這件事情過去，否則大丫去了縣衙，那還有什麼活路？哎，我也不知道該如何做了。」

這般說著，老闆娘就從袖子裡抽出一條帕子來，輕輕掩著面，一副難受至極的樣子。

一邊的那位夫人看了，趕緊勸說道：「這事情妳做得沒錯，這也算是兩全其美的法子了。一來保住了那位姑娘，二來也壓住了大家的怒火，沒將事情鬧大，讓事情難看。妳也不容易，已經做得很好了。」

那位夫人說完，還拍了拍老闆娘的手背。

老闆娘也適時露出一個笑容來，用帕子擦了擦眼角，道：「我無事的，只是替大丫心疼。如今大丫家裡人找上門來，也是應當的，我能理解。」

林夫人當即接話道：「劉家人來，那也應該是來感謝妳的，何敢怪罪？妳可是為了這丫頭勞心勞力，若是劉家人還不知好歹，來找妳的不是，那就是狼心狗肺了。」

這話說得劉家眾人只覺得心頭窩火，劉大郎此刻更是握緊了拳頭，指著那林夫人。「妳說什麼呢！」

他只知道這夫人說話不好聽，但具體要指出哪裡有問題，他又說不出來。

林夫人卻覺得自己被冒犯了一般，怒道：「我好心好意給你們指點，你們倒好，還在這裡怪起我來了。錢夫人，我可算是知道了妳的委屈。果然，面對這群鄉下泥腿子，心太好，做太多，反而要惹人厭憎，當真是吃力不討好。哎呀，可真是晦氣！」

林夫人最後更是甩了甩帕子，一副要將身上的晦氣給甩掉的樣子。

老闆娘也在一邊用帕子擦著眼角，一副受傷的樣子。

因為這邊動靜頗大，所以聚集了好些人，此刻都議論紛紛，多是對劉家人指指點點的。

林悠悠也是被這兩個人給氣得不行。這兩人當真是不輸刀光劍影的，幾句話輕描淡寫的，讓大家沒說兩句，就已經成了眾矢之的。也難怪大丫什麼都沒做，那日竟然會被逼到那等境地。

如今，這口氣不僅劉家人嚥不下，她也嚥不下。

「兩位夫人先別忙著說，我們家孩子在這裡好好做著活兒，結果就被抬著回去了，雙手還血糊糊的，我們做長輩的來問下具體情況，啥都還沒說呢，就先被妳們說上了，我們鄉下人也不敢說話，也不敢委屈啊！」

林夫人和老闆娘心頭一梗，頓時有點尷尬。被人家這樣點出來，確實有點用力過猛了。

老闆娘卻是比較圓滑，當即就接話道：「是我的不是，你們想知道什麼，問我吧！我實在是心疼大丫這個孩子，如今她這般，我心裡也難受。如果能夠幫上她，我也是樂意的。」

劉家人這下就都看著林悠悠。他們也知道，要讓別人問，怕是沒問出個什麼結果，還先被人扣上帽子趕走了。

林悠悠就道：「還請老闆娘先將事情大致說一遍吧。我們家大丫大受刺激，人恍恍惚惚的，也沒將事情說個明白。」

這個倒是合理的要求。

老闆娘就說了。「那日早上，徐大師過來指點繡坊裡的人繡活。到了快中午的時候，徐大師準備回去了，卻發現一直帶在身上的金絲銀線不見了。那個東西可是徐大師的寶貝，非常著急，大家都幫忙找了起來，最後在大丫的枕頭底下發現了。而且徐大師也說，她那日指點了大丫有半個時辰之久。」

老闆娘以為這件事情就完了。

「是誰在大丫的枕頭底下發現金絲銀線？」

老闆娘呼吸一亂。「那日人多慌亂，不知道是誰了。」

「我覺得，會不會是那發現金絲銀線的人才是那偷拿的人？」

老闆娘當即出口反駁。「怎麼可能？若真是如此，那人為何不好好藏起來，還非要放在大丫枕頭底下？」

「為了栽贓啊！」

「笑話，費那麼多功夫和心思栽贓大丫？大丫就一個鄉下姑娘，有什麼好被栽贓的？」

老闆娘也來了火氣，抑或是為了隱瞞什麼。

「因為徐大師看重大丫。」

這話一出，當場靜默了一瞬。林悠悠只是順著老闆娘說的線索猜測一番，然而現在觀察在場之人的表情，只怕這就是真的了。她心中更氣。只因為大丫勤快努力，被大師看重，就招來這樣的無妄之災嗎？這次定然要給大丫好好討回公道。

老闆娘身邊的錢采荷眼珠子亂轉，下意識靠在老闆娘的身上，手也抓住了老闆娘的袖子。

「那日找到金絲銀線的，是老闆娘身邊的這位姑娘吧？」

老闆娘面色一變，那個姑娘更是面色大變，眼神慌亂，用力拽緊老闆娘的袖子，卻是不敢張口，怕張口就錯。

老闆娘穩了下心神，接道：「不是，這位小婦人全是靠猜測嗎？妳當時又沒在場，一切全靠一張嘴猜，不妥吧？」

「那就讓在場的人都過來理論理論吧！實在不行，就找鎮長過來評理。再不行，就去縣衙。」

林悠悠這話不僅讓老闆娘一驚，也讓劉家人一驚。去見官這樣大的事情，他們心裡還是很犯怵的。

「這件事情我已經不追究了，你們怎麼還糾纏不休？」

這時，一個頭髮梳得一絲不苟、穿著考究的老婦人走了過來。看到這人，大丫目光先是一亮，再聽清楚對方的話後，瞬間又暗淡了下去。

而老闆娘看到此人，當即走到對方身邊。「徐大師來了。」

「我來了，不然妳這邊還不知道要鬧成什麼樣子。」

「這位就是徐——」

林悠悠看到此人，就要說話，只是話到一半，就見那徐大師直接轉頭，目光銳利地看向大丫，語氣很嚴厲。「大丫，妳太讓我失望了。若是妳認了，還是個知錯能改的好孩子。如此繼續糾纏不休，只會讓人厭煩。這般，不僅妳沒臉，妳家人也沒臉了。」

大丫當即崩潰出聲。「對不起，是我的錯，是我的錯……」

林悠悠頓時覺得一股邪火直沖頭頂，擋在大丫前面，看著那徐大師的目光燃燒著兩簇火焰。「徐大師是嗎？妳就是這樣逼人認罪的嗎？真是好一個大師，威風得很。」

徐大師自覺出身京城，身分不一般，在這小鎮裡就該是人人敬仰的人物。眼前這人竟然這般和自己說話。感覺自己被冒犯了，正要說話，卻見外面氣喘吁吁地跑進來一個人。

「哎呀，三爺爺您還在這裡呀？快回去吧，您家老四這次縣試頭名呢！衙役去你們家報喜了，快回去吧！」

第二十四章

來報信的是同族的一個姪孫。在場的人聽到這話，神色俱是一變。

劉家人自然是歡欣鼓舞，劉老漢當即滿面紅光，雙手都不知道往哪裡擺了，嘴唇動了動，想要說些什麼，卻又不知道該說些什麼。

鄭氏此刻已經開心得眼中含淚，喃喃道：「這可太好了，我就知道老四打小就聰明，這次考試定然是十拿九穩的。沒承想，竟然還有這樣的好成績！」

林悠悠就顯得平靜。她可是知道劇情的人，劉彥將來可是連中六元的狀元郎，如今才只是小三元中的第一道呢！

而原本幫著老闆娘的林夫人聽到這話，面色大變。這家人竟然是劉彥的家人。她可是知道，她家兒子原本是沒什麼把握的，書唸得倒是很勤奮，但還是差了一點火候。後面，兒子說是他同窗中一個極出色的同學叫劉彥的，給了他許多幫助，這才讓他此次有了這樣的名次。

當時兒子還跟她商量著，說要去劉家拜訪，多走動起來。畢竟後面還有府試院試，若都能夠得到劉彥的幫助，那也是助益良多。可是如今他們還沒到劉家拜訪，倒是先將劉家人都給得罪了，這回去可怎麼跟兒子交代呀？

頓時，林夫人將老闆娘和其女兒錢采荷都給怪上了。這母女倆簡直是喪門星，才沾上一點就倒了大楣。錢采荷還想嫁給她兒子，簡直是癡人說夢，這哪裡是好閨女，簡直就是個災星。她今日才幫了對方，說了一下話，差點葬送了兒子的前程。

林夫人眼珠子轉了轉。不行，她不能慌，這事情還有回轉的餘地，此番還是不要輕舉妄動，不可再做錯事了。

而那邊，劉家人已經蠢蠢欲動了。他們想要回去，但是這邊的事情怎麼辦，是繼續討回公道，還是回去和老四商量一下？老四素來聰明，會不會有別的辦法？

而林悠悠心思一動。劉彥得了縣試案首，在縣太爺那裡也算是掛了名號，不管借不借得上力，但他的話更有分量。她想著到時讓劉彥一起來，可能效果更好。

林悠悠轉頭對劉老漢說道：「爹，我們先回去吧，也許夫君會有更好的辦法。夫君是大丫的四叔，也該給大丫討回公道。」

劉老漢當即點頭，他心底本就有了差不多的意思。

劉家人這就跟著來報信的小子離開了，原本熱鬧擁擠的繡坊一下子就冷清了下來，老闆娘眸中閃過憂慮。

原本以為是無權無勢、好欺負的鄉下人家，怎麼還出了個縣試第一名呢？這可是麻煩了，縣試第一名，童生基本是沒問題的；若是厲害，以後再成了秀才、舉人？老闆娘只覺得一陣天旋地轉，險些暈倒過去。

一邊的錢采荷連忙扶住，此時還有些沒反應過來發生了什麼事情，後果有多嚴重，只知道那群討厭的鄉下人終於走了，見娘這般，很是詫異。

看到女兒這般，老闆娘更是氣得胸口發悶。她精明了一輩子，怎麼就生出了這麼一個蠢貨呢？這個蠢貨幹了蠢事，還得她來擦屁股。

老闆娘難受地撇開腦袋去，餘光看到了林夫人，當即眼前一亮。

這不是還有個林夫人？她家小子這次也是過了縣試的，興許知道些什麼，可以先打聽一下那家兒子是個什麼情況，這般才好先做好應對。

老闆娘面上擠出一個笑容來。「林夫人，您家兒子……」

林夫人此刻煩著呢，哪裡會與她多糾纏，都不待老闆娘將話講完，轉身就走了，話都不說一句。

老闆娘傻了，一開始還有些不明白，但很快就想明白了其中關鍵。這個林夫人家的小子也是中了縣試，弄不好還和那劉家人的兒子有點交情。

頓時，老闆娘頭更疼了。

不過，好在看到旁邊的徐大師以及徐大師面上的怒色之後，老闆娘的心情頓時緩和了。這裡還有一個徐大師呢，不怕，徐大師人脈頗廣，應該不怕一個縣試案首的。

「徐大師，您看這個鬧的。鄉下人家真是不懂規矩，說來鬧事就來鬧事。結果話沒說明白，又一溜煙地走了。您這剛才也是為那丫頭好，好心好意來勸她，結果對方竟然這般不給面子。哎，都是我約束不力，讓您平白受了這閒氣。」

聽了這話，徐大師果然面色更難看了。

老闆娘繼續添油加醋。「不過聽說好像那家兒子厲害著，過了縣試，還是第一名，怕是劉家人就有點飄了，回去搬救兵呢。徐大師，您要小心一些，別惹上了這無妄之災。」

徐大師當即怒道：「一個縣試案首罷了，老身有何懼？哼，老身當時也是因為祖籍在這裡，才會來這裡養老的，卻不知道這窮山惡水，慣出刁民。不過也不怕，老身還是有幾分面子的，也不能無故被人欺了去。」

劉家人這會兒急著趕回去，在牛車上，眾人激動得都不知道說什麼好了，只是一直盯著路，心裡默默數著還有多久能到。

待牛車一到村口，劉老漢付了錢，大家索利地下了牛車，一路朝著自家小跑而去了。

到了自家門口，就看到好多人圍在那裡，一個個眉飛色舞地說著話。

「快讓讓，文曲星的家人回來了！」頓時有個村民調侃出聲，大家跟著善意地笑了笑，身子也趕緊讓了開來，好讓劉家人進去。

劉家人還有幾分不自在，有種萬眾矚目的感覺。

進了院子，果然有三個穿著紅衣的衙役坐在棗樹下等著了，一邊陪坐的是劉彥。

劉彥也看見了劉家人，當即起身，面上是一貫的淡然，但到底年紀尚輕，眉眼之間可以看出激動。家人的付出，終於有了結果。

「爹、娘，你們回來了。兒子此次縣試僥倖得中第一名，不負期待。」

「好、好、好！」

劉老漢連說了三個好，滿面紅光，手都在打顫。回頭他得買點好酒好菜，將這個好消息告訴列祖列宗。

「我就知道我們家老四厲害著呢！」鄭氏開心地直抹淚。

衙役又說了一會兒吉祥話，劉老漢趕緊拿了一串銅板給三個衙役。三個衙役眼中的笑意淡了幾分，但到底是案首，以後如何不可預估，所以沒有發作出來。只是沒再說好聽的話就告辭離開了。

劉家人並未察覺，此刻大家都圍著劉彥，問了一些此次去縣裡的事情，劉彥都一一答了。

後面劉彥問起，剛才大家都去了哪裡，頓時熱絡的氣氛就冷了下來。劉彥疑惑地看著大家，最後，目光看向林悠悠。

林悠悠眨了眨眼睛，不懂劉彥為何看著自己，等著自己解惑。想來，這裡任何其他人都很樂意給劉彥解惑呀？

但劉彥那雙清淩淩的眼睛就那般看著自己，好像滿是信賴一般，林悠悠就將事情大致說了一遍。

她能夠感受到話一落下，劉彥周身的溫度都下降了很多，嘴角也抿得緊緊的。

「明日我去找鎮長。」

劉彥說了明日要去找鎮長的話，劉家人的心就落了一些。他們家老四素來聰明，看事情也比他們遠，如今又得了這縣試第一名，由他出面，想來事情解決起來會更好一些。他們也不求什麼，只求一個公道。

今日卻是不簡單的一日，大悲大喜的，到了晚上一放鬆下來，頓時覺得很是疲累，早早都睡了。

林悠悠梳洗一番，在窗前坐著，拿著乾布擦頭髮，一邊擦，一邊望著外面的月亮。今晚的月亮又大又圓，林悠悠忍不住看得出了神，心中一會兒想著明日劉彥去找鎮長，大丫的事情是否能夠妥善解決；一會兒想著什麼時候是離開的時候。

正神思不屬，猛然感覺手上一空，轉過頭去，就看到劉彥接過自己手中的布巾給自己擦頭髮，動作細緻，在月光下的俊秀面容竟是帶著溫柔。

林悠悠頓時覺得心跳像是漏了一拍，伸手要去奪回布巾。

劉彥卻是靈巧地避開了。「看妳擦頭髮還走神，不知道要什麼時候才乾。我給妳擦吧，早些睡覺。我睡得淺，容易被吵醒。」

聽到這話，林悠悠就不動了。她睡在床裡，待會兒要是劉彥先睡的話，她還得輕手輕腳地爬進去，實在是讓人有幾分羞恥。不就擦個頭髮嘛，也沒什麼。現代去美髮店，還有小帥哥幫著洗頭吹頭髮呢。

不得不說，讓劉彥擦頭髮有種被呵護的感覺。他的手修長，握著她烏黑發亮的秀髮或輕或重地擦著，偶爾五指在她髮間穿梭，帶起了陣陣癢意。

那癢，好像到了心裡。

等劉彥擦好頭髮，林悠悠莫名覺得臉上有點發熱，忙起身往床上鑽，躺到了裡面一側，被子蓋上，趕緊把眼睛閉住，表示要睡覺了。

她沒有看到的是，劉彥的耳根也有點紅。

劉彥將布巾掛好，從自己帶回來的包袱裡面翻出了兩個東西，分別是一包糕點，一根銀釵。

「當時和同窗一起在縣城逛街時看到的，同窗說好看，我也就買了。這包是桃花糕，是在縣城的老店鋪買的，賣得很好，口碑也不錯，不知道妳喜不喜歡吃。」

劉彥是看著林悠悠說的，可是對方像是已經睡著了一般，姿勢沒半點變化。他頓時有些無奈，也只能睡覺了。

床上的林悠悠心裡卻是浮想聯翩。劉彥他做什麼？怎麼還給自己帶禮物，又是吃的又是好看的，怪嚇人的。他還是如以前那般和自己相敬如賓不好嗎？

心中亂糟糟的，迷迷糊糊也就睡著了。

第二天，她就起得晚了，而劉彥已經走了。昨日荒廢了一日，今日劉老漢就讓大家該幹什麼幹什麼，去碼頭擺攤賣吃的。如今大丫的手指要治好，可要不少錢。

林悠悠本來也想跟著去碼頭，覺得那裡熱鬧。但她惦記著大丫的事情，想在家裡等劉彥回來，看事情如何了。

林悠悠在後院摘菜準備做午飯，摘著摘著，想起了昨晚睡前，劉彥說帶給她東西來著，放在桌子上了。她睡了一覺，忘記了。她拍了拍自己的腦袋，就放下手上的白菜，洗了手回房間去。

果然在桌子上看到兩個東西，一個是用小木盒子裝著，上面有簡單的雕花，看著還頗為精緻，這在莊戶人家裡算是難得了。林悠悠將其打開，裡面是一根銀釵，釵頭雕著梅花，倒是精巧別致，看著心裡是喜歡的。她就將其插在頭髮上，找了一個鏡子照了照。

好吧，這個地方的鏡子模糊得很，只能影影綽綽地看見影子，看不真切。不過林悠悠挺高興的，覺得很搭自己，心裡像是開了花一般，更是忍不住動了動腦袋，看著鏡子裡那根釵也跟著動了動，抿嘴笑了。

戴了一會兒，她想了想又拿下來放在木盒子裡，好好收起來了。總覺得戴著讓劉彥看到，很是羞澀。

將盒子放好，林悠悠又去看另一個用油紙包好的東西。打開來一看，是桃花糕，粉粉的。她拿了一塊嘗了嘗，味道帶了點粉，不夠軟，也偏甜了一些。她想了想，最近正是桃花盛開的時候，她可以自己做啊，到時候讓劉老漢帶去碼頭上賣，應該也不錯。

雖然心裡點評著不好吃，但林悠悠還是又吃了一塊，想著昨夜劉彥說的話。那個人也是奇怪，人家都躺在床上睡覺了，他才送禮物。

雖然這般想著，但嘴角還是露出了個笑來。

劉彥一大早起來，匆匆吃過飯就搭了牛車去鎮上。考前，鎮長就請過老師和他們幾個學生吃飯，所以和鎮長也是認識的。

劉彥到了鎮長家，因為時間還早，鎮長在家裡。

鎮長姓肖，是個有些微胖的中年人，穿著綢緞衣裳，顯得富態又和善。一看到劉彥，熱情地招呼了起來。「劉案首大駕光臨，快進來。劉案首今日能來，簡直是讓舍下蓬華生輝。小芳，快泡茶上點心。」

劉彥忙拱手回禮。「鎮長太客氣了，不要叫我劉案首，叫我名字就好了。」

肖鎮長從善如流。「好，那我就叫你名字，也親近些。」

到了堂屋，兩人分賓主坐下，劉彥也不拐彎抹角了，開門見山說道：「此次劉彥前來，乃是有一件事情要請鎮長幫忙。」

肖鎮長笑道：「何事？但說無妨。」

劉彥就將大丫的事情簡單說了一遍。「我這個姪女的品行我是知道的，斷然不可能做出這等偷盜之事，定然是有人誣陷她，還請鎮長幫忙主持公道。」

肖鎮長聽了，面上的笑意卻是淡了，輕輕皺了皺眉頭，然後為難道：「這件事情我已經知道了。那繡坊的老闆娘昨日來找過我，報了這件事情，人證物證也都呈給我了。我已經確認過，事情確實是沒有錯的。」

劉彥不敢置信地抬頭看肖鎮長，沒想到對方會說出這番話來。什麼人證物證，若真是如此，那怎麼也該叫當事人過來問問情況。當事人沒在場，肖鎮長就已經定了結論。

劉彥耐著性子爭辯道：「請鎮長給劉彥這個面子，重新判定此事，將相關人等聚在一起，重新定奪。」

肖鎮長這時面色也不好看了。「劉彥，我都已經說了，這件事情人證物證俱在，沒有可辯駁的地方了。」

若不是關係到大丫，此刻劉彥真想拂袖而去。但為了大丫，那個乖巧懂事的姪女，劉彥還是起身，彎腰拱手行了一禮。「請鎮長重新鑑定此事，劉彥記下鎮長這個恩德了，來日定當報答。」

看到劉彥如此，肖鎮長無奈，嘆了一口氣，然後道：「劉彥，你又何苦為難我呢？」

劉彥正要說話，卻見肖鎮長伸手往下壓了壓，繼續說道：「昨日來的不僅是繡坊的老闆娘，還有徐大師。你可能不知道，她來自京城，在京城也是小有名氣的人物。最重要的是她有個同族的堂兄在京城為官。都說民不與官鬥，我只是個鎮長，也就是一個小老百姓，徐大師都親自過來說話了，我還能反著來嗎？劉彥，我就是一個小小的鎮長，實在得罪不起徐大師，以免給家裡招來禍事。哎，這事情我真管不了，希望你能夠理解。」

劉彥的手握得死緊，萬萬沒有想到會是這樣的結果。

欺人太甚，實在是欺人太甚！真是好大的威風，誣陷了人，還想要一手遮天不成？即便如此，他也不會輕易放棄的。就算前方是刀山火海，他也要闖過去，還大丫一個清白。

「既如此，劉彥告辭了。」

劉彥不再多留，起身告辭，不再多置一詞，轉身就快步離開了。

而肖鎮長看著劉彥離開的背影，卻是輕輕一笑，道：「年輕人啊，還是經的事情少。有些事情，就是不能追根究柢的；有些事情，就是沒有公道的。追究到底，最後只是越陷越深罷了。」

第二十五章

劉彥離開了鎮長家，找了牛車去縣城。這事情鎮長管不了，那他就去找縣令，總能找到一個能管的人。

他真的是一口氣沒歇，直接到了縣衙門口。

到了縣衙，他就想去擊鼓鳴冤，正好師爺走了出來，見到是他，愣了一下。「劉彥？」

「于師爺。」

之前縣令接見此次縣試的前十名，對大家說了幾句話，勉勵一番。當時于師爺也在，自然是認得的。

于師爺長得很瘦，衣服穿在身上，有種空蕩蕩的感覺。因為瘦弱，面上也沒幾兩肉，看著就不是個好相處的人。劉彥本以為于師爺會立即走開，沒想到對方竟然停了腳步，語氣頗為柔和。「你這是要敲鳴冤鼓？」

「正是，家中姪女遭人誣陷偷竊，鎮長畏懼權勢，不肯重新判定，學生這才來擊鼓鳴冤。」劉彥簡單將事情解釋了一下。

于師爺聽了，點了點頭，出乎意料地道：「你跟我進來。」

劉彥跟著進去了。于師爺讓劉彥在院子裡等，他先去和縣令稟報一下此事。

劉彥站在院子裡，還有些不真實，沒想到于師爺竟然是個面冷心熱之人，看著冷冰冰的，但心卻是熱乎的。劉彥心頭不禁又熱了起來。

劉彥沒等多久，于師爺就開了門出來，招手讓他進去。進去後，于師爺還貼心地將門關上才離開。

這是縣令的書房，此刻，縣令正坐在書案後面，案上擺著一些文書，他正在看。聽到動靜，他抬起頭來，見是劉彥，就擱下了手中的文書，道：「你的事情，剛剛于師爺已經跟我說了。」

縣令姓胡，話說到這裡，卻是頓了一下。

劉彥連忙拱手行禮。「請大人明察，替學生做主。」

縣令繼續說下去。「肖明這個人我是知道的，辦事穩妥，素來很得百姓稱讚。他判定的事情，想來是不會有錯的。」

萬萬想不到會聽到這樣的話，劉彥頓時抬頭，失聲道：「大人……」

胡縣令看了看劉彥，道：「你不應該操心這些雜事，該專心讀書才是。雖然你此次得了縣試第一名，不僅是你才學不凡，也有一些運氣存在。接下來的府試院試，萬不可懈怠，快回去準備考試才是。你好了，你家人才能好。」

劉彥只覺得一顆心像是浸在冰裡，又像是浸在了火裡，難受不已。他雙手握緊，站在那裡不動，忍耐著什麼。

終究，他還是抬起頭來請求道：「大人，學生懇請大人重審此案。不論結果如何，學生也都認了。」

胡縣令有幾分惱了，想要發作，可眸光動了動，想著此子此次拿了縣試第一，若是刺激一下，還能有更好的成績，那也是他的政績，對他來說有好處。至於要不要親自審理這個案子，那是後面的事情，到時候也就是他一句話的事情。

胡縣令心頭想罷，就道：「這樣，你若是能連中三元，拿下解元，本官就親自給你審理此案，如何？」

雖是這樣說，但胡縣令卻不認為劉彥能有這樣的本事。因為他們縣不僅窮困，而且文風一直不盛，別說拿解元，就是前三十都很少，前十已經十年沒有過了。

劉彥咬牙道：「好，謝大人。」

「嗯，退下吧。」胡縣令說完就揮手讓人退下了，也沒什麼興趣和劉彥說話。

劉彥離開縣城，一路回了梨花村，到家的時候，已經是傍晚了。家裡正巧在做飯，一陣陣的香味傳出來，劉彥才感覺到肚子空空，想起自己除了早上在家裡吃了點東西，這一整個白天連口水都沒喝過。

前面精神一直繃著，還不覺得，到了家裡，再聞到這香味，頓時覺得餓得不行。

他餓了，想吃東西，此刻腦子裡第一個想吃的是娘子做的大骨麵，鮮濃的大骨湯，再配上有勁的麵條，味道好極了。

心中這樣想著，劉彥就走到了廚房，看到裡面做飯的正是林悠悠，一邊是四丫在打下手。

林悠悠正切菜呢，轉頭看見劉彥，當即眼前一亮，眉眼彎彎，歡快道：「你回來了啊？」

這話聽著，劉彥只覺得舒服極了，也跟著抿嘴，露出了一個極淺的笑意來。「嗯，我回來了。」

「吃了嗎？」林悠悠關切地問道。

「只吃了早飯。」劉彥實話實說，眼中還帶著期待。

「那餓了一天了，我給你做點吃的吧。你想吃什麼？」

「我想吃大骨頭麵。」劉彥一雙黑眸亮晶晶地看著林悠悠，像是等著被投餵的大狗狗一般。

明明來的路上還滿心鬱氣，怎麼這會兒卻突然覺得像是天晴了一般。前路縱有險阻又何妨，他自當無畏前行。

「好，那你先去堂屋等著。」

林悠悠點了點頭。剛好今天有買大骨頭，鍋裡正熬著大骨頭呢，待會兒盛一些上來就好了。

劉彥卻是沒走，站在那裡看著林悠悠揉麵、擀麵，不一會兒就好了。看著她做飯，只覺得是一件極舒心的事情。

一盞茶的功夫，他面前就放了一碗熱騰騰的大骨湯麵了。拿筷子吃了一口，好吃，而且熱呼呼地吃著，只覺得心裡都熨貼極了。

很快地，劉家人也都回來了，就問起了劉彥今日去鎮上的結果如何了。

劉彥就道：「我想著，還是去縣城裡直接找縣令，聽你們說的那個徐大師似乎很厲害的樣子，怕是鎮長還不一定震得住。後面縣令點頭了，不過要等我參加完府試和院試，他那邊也需要時間走訪調查一下。」

眾人沒有懷疑，頓時都開心了起來。這就好了，縣令大人一定會還大丫一個公道的。

唯獨一邊的林悠悠眸色動了動，她覺得事情有些不對。劉彥面上說得好，但是他放在桌子下的雙手卻是握緊的。而且此番再看劉彥，竟然覺得更成熟內斂了。不過，不管如何，她相信劉彥一定會給大丫討回公道的。

因為有了和縣令的約定，劉彥自然不敢懈怠，決定要去府城求學。他有書院老師的推薦信，可以去老師的府城同窗那裡學習，全力備考府試。

劉彥方定下後日出發去府城的事情，就同劉家人說了。「此一去，就要將近三個月才能歸來，待府試院試結束了。」

劉家人自然是一番勉勵和支援的。

林悠悠眸色動了動，她也想去，多見識一番外面的世界。不過，這件事情還是得晚上的時候再和劉彥說。

她這般想著的時候，外面，舅舅舅母卻是找了過來。

林悠悠到了門口，舅母游氏三兩步過來，抓著她的手，語氣都是顫抖的。「悠悠，事情有眉目了。」

林悠悠看到游氏眉目之間難掩興奮，彷彿發現了什麼了不得的秘密。一邊的謝虎也是如此，眼睛裡滿是精光。

林悠悠順勢問道：「舅舅舅母，可是查清楚了？我娘當年的死……」

游氏卻是沒有立即回答，而是拉著林悠悠。「悠悠，事關重大，不好讓外人知道，我們去妳房間裡面說。」

林悠悠點了點頭，帶著謝虎和游氏去了自己房間。游氏比較細心，反手就將門上了門，還讓謝虎站在門口盯著，若是有人過來，立刻出聲。這可是一大秘密，能夠將林大谷和那張氏捏得死死的秘密。

林悠悠也不說話，任這夫妻兩個做這些小動作。反正，她要做的就是讓謝虎游氏這對夫妻和林大谷張氏鬥法，兩邊都是造成原身悲慘結局的凶手，一個都別想逃。至於已經嫁出去的林柔柔，後面自然也是要找機會較量一番的。

林悠悠心頭轉過幾番思緒，面上卻是一副焦急的樣子。她拉了拉游氏的手。「舅母，快說，到底如何？」

游氏伸手輕輕拍了拍她的手背，安撫道：「別急，舅母這就細細道來。上次妳過來說了妳娘的事情，我和妳舅舅當即就上心，馬上安排去調查。不過事情比較久遠了，所以才用了這麼多日子，不過到底是查出了真相。我們去了張氏的老家，花了錢才問出來，就是妳娘出事那天，確實去找了張氏。那日在張氏家裡的，不只張氏，還有妳爹。妳娘當場將兩人捉姦在床，因為張氏的家在村尾荒地邊上，離村裡還有些遠，所以雖然動靜鬧得大，但只有和張氏家同在荒山邊的李家聽到動靜，並看到了全程。

「可憐妳娘當場動了胎氣，被妳爹給挾持著回了家裡，後面就難產而死了。只是到底是難產，還是被動了手腳，這個就不得而知了。但無論如何，妳娘因為妳爹和張氏而死，這是不爭的事實。」

游氏嘴皮子索利，幾句話的功夫就將事情說清楚了。說完又道：「悠悠妳放心，這件事情舅舅舅母一定會為妳出頭，替妳討回公道的。」

林悠悠卻像是傷透了心一般，語氣很低沈。「舅舅、舅母，這件事情就拜託你們替我娘討回公道了。我不想再和那個人有任何牽扯，以後，就當作我沒有這個父親了。」

游氏神色一動，就道：「真要鬧起來，怕是還得花費不少精力和銀錢呢。不過這都沒關係，能夠替妳娘討回公道，讓她在九泉之下得以安息，這才是最重要的。」

林悠悠就道：「那個人這些年做著雜貨鋪的生意，收入不菲，攢下了不少銀錢，那些銀錢都給謝家吧，他攢的錢，我覺得髒，像是沾了娘親的血，我實在不想要，以免觸景傷情。」

游氏還想著，到時候可能要哄一哄這個外甥女，再給一點點銀錢打發掉，沒想到這個外甥女竟然還是個有心性的，嫌棄林家的錢竟然不要，這可真是太好了。

心裡樂開了花，面上卻是半點沒有表現出來，游氏似是無奈地說道：「妳就會說孩子話，到時候若是最後事情了結，還能有銀錢剩下的話，定然是要給妳的。」

林悠悠沒有說話，神色依舊是那樣，明顯沒有聽進去。

謝虎和游氏兩人自是高興的，既然這邊得了話，那他們就知道怎麼對付林大谷和張氏了，便起身告辭。

他們可是急著回去商量如何對付林大谷和張氏，從他們身上撈銀錢。

林悠悠藉口心情不好，沒有出去送兩人。

晚上，回了屋裡，劉彥就問起了。「白日妳舅舅舅母過來，看著面色不是很好，是有什麼事情嗎？」

他當時看見，就記掛著這件事情了，但一直沒有和林悠悠獨處的時候，就拖到了現在。

林悠悠敷衍道：「我舅舅舅母兩個人不是什麼勤快人，不務正業的，今日來是想要和我借錢來著。我身上也沒有銀錢，就算有，也不想借給他們，然後他們就生氣地離開了。」

竟然是這樣，劉彥點了點頭，笨笨地寬慰道：「沒事的，下次他們再來，妳就說是我不借的。他們要怪要生氣，就怪我吧！」

林悠悠轉頭去看劉彥，對方一雙眼睛正看著自己，很認真的樣子，頓時忍不住噗哧笑了出來。

「怎……怎麼了？」

林悠悠本就生得清秀，此刻一笑，有種花開的感覺。反正，劉彥覺得自己心底像是開了一朵花一樣，整個腦袋都懵掉了，說話都有些結巴，耳朵也有點紅。

「你也不怕傳出不好的名聲，到時候都說你是個小氣的男人了。」林悠悠一本正經回答著。

劉彥聽了，卻是搖搖頭。「沒事的，我不在意這些。」

林悠悠突然想起他後日要去府城讀書的事情，搬了一把凳子坐到劉彥身邊。

劉彥轉過頭來，看到林悠悠靠著自己坐，面上是笑意。

「你看這次去府城唸書，怕是要一段時間。在外面讀書定然是不如家裡的，肯定辛苦，我跟著過去照顧你吧？」

林悠悠笑看著劉彥，一雙眼睛裡面似乎也含了光，劉彥只覺得心跳像是漏了一拍。他想說不用來著，自己可以照顧好自己，心底卻是莫名有些不捨得，就遲疑了一下，沒有立即回答。

林悠悠繼續勸說著。「我手藝很好的，保准讓你頓頓吃兩碗大米飯。」

「好。」劉彥聽到自己答應的聲音。

聽到劉彥的答案，林悠悠當即開心了。瞬間，她的眉眼之間都是笑意。

這下，劉彥就沒話了。看到她這樣開心，他也覺得心裡高興。既然她想一起去，那就一起去吧。

兩人商量好了，第二日吃早飯就和大家說了。對此，大家倒是沒有意見，而且還很贊同。

尤其是鄭氏，更是高興地撫掌。「這可真是好，有悠悠跟著去，娘是再放心不過的了。」

劉彥明日就要走了，家裡又將銀錢挪了出來，只留下一些給大丫的藥錢，其他的真是能挪的都挪了出來，這般也只湊了十二兩銀子。

「都說窮家富路，這次你們出發去府城，人生地不熟的，還是多帶些銀子好。家裡如今只有這些銀子，你們先帶上，等後面賺了銀錢再寄。」

「爹、娘，不用這些，我還能抄書賺錢。」如今家裡什麼情況，劉彥也是知道的，不敢接這麼多銀錢。

劉老漢卻是擺手。「沒事，你不用擔心我們。我們在碼頭做著吃食買賣，生意好著呢！而且家裡也有糧食菜園，又待在家裡，哪裡會餓著。」

劉老漢一雙眼睛殷切地望著劉彥，劉彥就接下了，牢牢握在手心裡。這裡面不只是銀錢，還是家人厚重的心意。

這份心意，他不能忘，也不敢忘。

劉彥的東西昨日就收拾得差不多了，今日是林悠悠收拾東西。她也沒幾個東西收拾，就收拾了一些衣服，還有自己賣菜譜的銀錢，也就一個大包袱。收拾妥當，吃完早飯就出發了。他們和劉老漢一起坐車到了白水縣的碼頭，再坐船去，快得很，只一日功夫就能到達。有了這碼頭，可是省了時間，還省了銀錢，方便實惠得很。

劉老漢幾人就在碼頭上做買賣，自然就抽了空將劉彥和林悠悠送到了船上。

船是小船，只坐了七、八個人就顯得有些擁擠了。撐船的船夫又等了一會兒，又上了一個抱著三、四歲小孩子的老婦人，就出發了。

林悠悠暈車，到了船上就更不得了，暈船更是厲害。沒一會兒，她就覺得頭暈眼花犯噁心，臉色都白了。

劉彥自然也是很快發現了她的反常，著急得很。「娘子，沒事吧？」

「我有事，請你幫我一個忙。」

「什麼忙？娘子儘管說。」

「快打暈我吧！」

第二十六章

這船跟車比，更是晃，而且這還是一艘小船，一晃一晃的，林悠悠只覺得腦袋嗡嗡作響，但想著這次去府城還要十幾個時辰，這才上船，後面那麼長的時間，可怎麼辦呢？

她得找點事情，興許能熬到府城，就和劉彥說起話來，好分散一下心思。

劉彥也儘量挑有趣的事情說，果然這個法子還是有點效果，分散了一些心思之後，人確實不那麼難受了。林悠悠的面色雖然依舊有些白，但沒有剛才那般慘白。見著了效果，劉彥就越發賣力了，絞盡腦汁將以前看過的書上的各種趣事都拿出來說了。

但是他平日裡看的都是科舉方面的書，肚子裡頭實在沒有什麼貨，很快就說完了。

書上沒有，那只能從生活上說了。但是生活上，他也是一個勤勉單調的人，除了讀書還是讀書，更沒有什麼事情可說了。

這一停頓下來，林悠悠的心思立刻又被那股難受勁給拉了過去，只覺得人暈乎乎的，胸口還泛起一陣噁心。

人在船上又坐得不舒服，此刻她是靠在船艙裡，身子隨著船的移動也會有點晃動。

要是能躺下來也能好些，林悠悠奢侈地想著。

劉彥看著，就說：「妳靠在我的肩膀上，應該會舒服一點。」

林悠悠愣了愣，靠了過去，確實好受一些。此刻她也想不了太多，只要能舒服一些就好了。

林悠悠難受，劉彥心裡也跟著難受，絞盡腦汁想著是否還有辦法，可以分散一下她的心思。

他最擅長的就是科舉了，要不然就講講科舉內容吧！試吧，就算不行，也沒啥損失。劉彥就開始給林悠悠講解起科舉內容。

他想了想，從簡單的論語開始講。

這個還真有點效果，因為林悠悠心裡就被煩躁給分散了，一下子感受不到其他的痛苦。而且漸漸地，煩躁也好了，她適應了劉彥的聲音，反而覺得有點好聽，漸漸被吸引了。

慢慢竟然有了一點睏意，腦袋在劉彥的肩膀上一點一點的。

劉彥頓時受了鼓舞，覺得這個有效，想著要不然再講一些難一點的，就拿了五經中的易經來講。頓時，林悠悠只覺得雲裡霧裡，旁邊的人像是在說天書，這下就更睏了，沒一會兒真的就睡著了。

劉彥停頓了一下，低頭看了看林悠悠，誰知這一停，林悠悠的眉頭就輕輕皺了起來，眼皮輕輕顫動，一副要醒過來的樣子。劉彥頓時一慌，就繼續講了。他的聲音低低的、小小的，倒是不影響旁人。

他一邊講著，一邊低頭去看林悠悠，只見那張秀美的臉因為睡著了，越發顯得恬靜動人。不知為何，他心頭突然有一股莫名的衝動，下意識地伸手將林悠悠摟住，讓她更加靠在自己的肩膀上。

抱著林悠悠的那隻手，指尖都忍不住微微顫抖了一下，有種麻麻的感覺從貼著她身子的手指慢慢傳到了心底。劉彥只覺得像是在腦袋中有一股煙花猛然炸開，眼前有股白光，一種特別喜悅的感覺慢慢在心中綻放開來。

這就是喜歡嗎？情不知所起，一往而情深。

這一睡，竟然睡得頗為安穩，像是落在一個溫暖的懷抱中。

醒過來的時候，林悠悠忍不住紅了臉。她終於知道為什麼總覺得落在了溫暖的懷抱裡了，因為她此時此刻正被劉彥抱著，一抬頭，唇角就擦過了劉彥的下巴，林悠悠只覺得心尖都忍不住跟著一顫。

她連忙從劉彥的懷中出來，眼睛都不敢往對方身上看。

而劉彥本來溫香軟玉在懷，只覺得一顆心都被填滿了，後邊唸著唸著，自己也睏了，不知不覺也睡著了。

這會兒猛然覺得懷抱一空，眼睛還沒睜開，已經伸手去將人拉了回來，摟入懷中，然後才睜開眼睛，和林悠悠的明眸對上了。一瞬間，所有的睡意都消失得乾乾淨淨，剩下的就是尷尬、茫然、震驚。

林悠悠乾巴巴地道：「你醒了啊……」

劉彥也覺得很不好意思，耳朵都紅了，忙鬆開了手，抿著嘴巴道：「是啊，醒了。」

林悠悠也坐開了一些，兩個人互相不敢對視，望著別的方向。

這奇怪的氣氛持續了一會兒，還是劉彥先打破了尷尬。「餓了吧，先吃點東西。」

林悠悠忙接話道：「是的，我們都吃點東西吧。」

她從包裹裡將吃的拿了出來，這是昨日早上趕早做的，有花卷、蛋糕、燒餅，還有飯糰。

雖然睡了一覺，人好受了一些，但胃口還是不怎麼好。林悠悠就吃了一個燒餅，喝了點水就飽了。她此刻不敢吃甜食，吃了甜的，待會兒更容易噁心。

劉彥倒是沒什麼影響，吃了兩個花卷、三塊燒餅，感覺飽了，喝了點水。

外面，天已經矇矇亮了，船艙上漸漸有了動靜，大家也陸陸續續醒了，開始有了聲音。

「再過差不多一個時辰的功夫，船就靠岸了，到時候我們去岸上再找家店鋪吃點熱乎的。」

林悠悠點頭應下。她也是這般想的，想吃點熱湯麵。

果然，差不多一個時辰的功夫，船就靠岸了，大家頓時一哄而上，背著自己的行李往不同的方向走了。

劉彥則是帶著林悠悠慢慢走著。他打聽好了吃的地方，是一家老婆婆開的麵攤子，就在碼頭邊上。大早上，熱氣騰騰的，兩人就停了腳步，準備在這家吃。

兩人找了張空桌子坐下，立刻有個小媳婦過來將桌子擦乾淨。劉彥和林悠悠問了這邊有什麼吃的，說是有大骨湯麵，加菜的素麵五文錢一碗，加蛋的六文錢一碗，加肉的十文錢一碗。

劉彥給自己要了個素的，給林悠悠要了個肉的。

沒一會兒，熱騰騰的麵就上來了。他將肉的推到林悠悠面前，自己則是端了素麵開始吃。

林悠悠看著，咬了咬嘴唇，就用還沒吃過的筷子挑了一半的肉給劉彥。對上他詫異的目光，林悠悠忙道：「一起吃。」

劉彥抿嘴笑了，只覺得麵條更好吃了。

兩人吃完麵條，結帳完，劉彥就開始打聽學院在哪裡。

老師推薦的書院叫紅樟書院，曾是百麗城最負盛名的書院，近幾年來卻是每況愈下，被另一家後面開的書院給奪了風頭。另一家書院是白鹿書院，兩家書院離得近，學生們也時常互相見到，免不了跟打擂臺一樣。

這些，自然是劉彥打聽的時候聽說的。

打聽好了地點，劉彥和林悠悠就找了過去。他本意是想先找家客棧，讓林悠悠先安頓下來，休息一番，自己則是去書院了解一下情況。但林悠悠這會兒覺得還好，也不累，就想四處走走看看，劉彥也只能隨她了。

他帶著舉薦信去了紅樟書院，而林悠悠則是四處逛了逛。這百麗城不愧是府城，很是繁華熱鬧，四處商鋪林立，河上還有畫舫，裡面有悠揚的絲竹之聲傳來，一派歌舞昇平。

林悠悠看夠了熱鬧，開始觀察這邊的吃食，看大家都賣些什麼吃的。劉彥要在這裡讀書三個月，她可以做點小買賣，這般，錢應該就攢夠了。到時候，她就可以離開了。

想到離開，她想起自己要去買一本地理書看看，不然實在對這個世界沒有什麼了解。

林悠悠向路人打聽了書肆位址就找了過去，是一家挺小的書鋪。她走了進去，掌櫃的抬頭看了一眼，見是個女子，衣著也是普通的棉布，就懶懶地繼續盤帳了。估計就是過來看個熱鬧，不是來買書的。

這正合林悠悠的意。這個書鋪鋪面小，林悠悠轉了轉，就搞清楚了書籍擺放的規則，直往角落的地方走。擺在顯眼位置的都是與啟蒙或科舉有關的書籍，其他在大家眼裡就是一些閒書的，被放在了靠角落的一個櫃子上，林悠悠就去那個書櫃找。

還真給她找到了一本《大通史》。林悠悠簡略翻了翻，頓時驚喜。這本是這個朝代的歷史以及一些地理分布、風俗人情的，還挺厚的一本。

林悠悠拿著這書問掌櫃。「掌櫃的，這本書怎麼賣？」

掌櫃的抬起了眼皮，看了林悠悠手上的書一眼，眼中閃過意外之色。這書放了很久，很少有人買的。來這裡的大多都是買啟蒙、科舉有關的書，就算是不計較錢的富貴小姐，也多是買些詩詞話本野史傳記的消遣。這個《大通史》實在是枯燥又冗長，少有人買，一般有些底蘊的人家也都有，第一次出這本書的時候就收藏著了。

而眼前這個小婦人竟然買這本書，倒是意外得很。

不過意外歸意外，他是做買賣的，有人買，自然是要賣的，於是回道：「三兩銀子。」

林悠悠握著書的手一抖，差點沒把書給扔了。這要是放在現代，就跟一本書賣三千塊一般，簡直是鍍金了。但是沒辦法，這是古代，書本就是金貴東西。而且這麼厚，已經算是便宜的了，如果是和科舉相關，怕是價格還得翻倍。林悠悠就拿了銀子結帳，將這本書放到包袱裡去。

這下林悠悠沒什麼心思逛街了，想找家客棧先住下，好看看這本書。不過，還是得先去紅樟書院等劉彥，不然待會兒劉彥該找不到自己了。

找到紅樟書院的時候，劉彥已經在門口等著了。一看到她，立刻伸手招了招，面上也露出了笑意。

林悠悠走了過去，問道：「唸書的事情辦好了嗎？」

「已經辦好了。閔老師看了老師的推薦信，又考校了一番我的功課，就將我收下了。後日去上課，明日一天先找好住的地方安頓下來。」

其實，閔老師是想要讓他住在書院宿舍的，這樣更有利於讀書。但劉彥一想到林悠悠，就不想住在宿舍了。

如今時間還早，兩人便去找住處了。這裡人生地不熟的，兩人先去找了牙行。

牙行老闆是個中年大叔，看著很和氣，聽了兩人的來意，就問道：「二位需要什麼樣的房子？位置大小還有租金意願是多少？」

劉彥看向林悠悠，還是以對方的喜好為主。

林悠悠早就在心裡想過這些了。「有沒有那種臨街的小宅子，前面能有個小鋪面，後面能住人；也不用太大，能有兩、三個房間就好。價位的話，老闆你這兒有合適的，都給我們說說看。」

聽到這話，劉彥詫異地看了林悠悠一眼。聽這意思，她竟然要在這裡開鋪子。他怕她一個人太辛苦，但是看著她眉眼飛揚就住了口。後面再說吧，只要她歡喜就好。

老闆就拿了冊子翻看一番，說道：「倒是剛好有兩個合適，一個貴些，一個便宜些。貴的在東街口，那裡最是熱鬧，前面一個鋪面，後面三間房能住人，一個月租金十五兩。便宜一些的在南街巷尾，靠著路口，前面也是一個鋪面，後面也是三間房，還帶個小院子，住人很是不錯。這間就便宜一些，一個月租金六兩。」

——未完，待續，請看文創風1015《短命妻求反轉》下

2021年11月出版

小富婆養成記

文創風 1012~1013

她生平無大志，唯有一個小小的願望——當個小富婆！
正所謂靠山山倒，這天底下最可靠的朋友，就只有孔方兄啊！
不過她不貪，賺的錢夠她一家滋潤地過日子就好，
那種成天忙得團團轉的富豪生活她可不想要，麻煩死了~~

一人巧做幾人羹，五味調得百味香／明月祭酒

她實在不明白，怎麼一覺醒來，就從飯店主廚變成窮得要命的村姑蘇秋？
這個家真是窮得不剩啥耶，爹娘亡故，只留下四個孩子，偏不巧她是最大的那個！
自己一個單身未婚的女子，突然間有三個幼齡弟妹要養，分明是天要亡她吧？
何況她沒錢，她沒錢啊！可既然占了人家長姊的身體，她自然要扛起教養責任，
而且，這三個小傢伙可愛死了，軟萌地喊幾聲「大姊」，她就毫無招架之力了，
養吧養吧，反正一張嘴是吃，四張嘴也是吃，她別的不行，吃這事還難得倒她？
……唉，還真是難！巧婦難為無米之炊，家裡窮得端不出好料投餵他們啊！
幸虧鄰居劉嬸夫婦是爹娘生前的好友，二話不說出錢出力解了她的燃眉之急，
擁有一手好廚藝的她靠著這點錢，賣起獨一無二的美味鳳梨糕，
幸運地，一位京城來的官家少爺就愛這一味，還重金聘她下廚燒菜好填飽胃，
沒想到這貴人不僅喜歡她煮的菜，還喜歡她，竟說想納她為妾，讓她吃香喝辣，
可是怎麼辦，她喜歡的是沈默寡言又老愛默默幫忙她的帥鄰居莊青啊，
雖然他只是個獵戶，但架不住她愛呀！況且，論吃香喝辣的本事，誰能比她強？

2021年11月出版

孤女當自強

文創風 1010～1011

靠著重生優勢，要扭轉命運對她來說根本小菜一碟！
可是、可是她從沒想過，
命運既然能再給她機會，也能給別人機會啊！
唉，上一世活得辛苦，這一世怎麼也得披荊斬棘呢……

命運交織，甜中帶澀，細品好滋味／盧小酒

雲裳本是天之驕女，父母亡故後，獨力撐起影石族的興榮。
誰知族內長老欺她年幼，想奪取族長之位，
孤立無援的她，誤信奸人，最後慘遭背叛，更連累族人。
含恨自盡前，雲裳多希望這些年的苦難都只是一場惡夢——
沒想到，上天真給了她一次重來的機會！
這一世雲裳先下手為強，把圖謀不軌的人收拾得服服貼貼。
她唯一沒把握的，就是她爹娘早早為她定好的夫婿人選，顧閆。
眼下她是影石城呼風喚雨的少族長，而他只是身分低微的屠夫，
怎麼看兩個人都不相配，
然而只有她知道，將來顧閆可是權傾朝野，一人之下。
不管怎樣，她都要牢牢抓住顧閆的心，並助他一臂之力！
可人算不如天算，拔了這根刺，卻又冒出另一根，
更離奇的是，原來，重活一世的人不只她一個人！
事情發展逐漸脫離雲裳所知道的軌跡，一發不可收拾——

2021年11月出版

傻白甜妻硬起來

文創風 1008～1009

所謂贈君荷包，以表心意，
既然他都收下她親手做的荷包了，豈有退回的道理？
何況全天下都知她如今是他未過門的妻子，她今生是非他不嫁的，
所以，他只有一個選擇——好好跟著神醫解毒，早些回來！
如若不幸毒發身亡了，那黃泉路上有她相伴，他也不虧……

山無陵，天地合，始敢與君絕／蘇沐梵

蕭灼反覆作著一個夢，夢中的她已婚，夫君和側室聯手利用完她並害死她，
就連伺候她多年的一個貼身丫鬟也冷冷看著她遇害，顯然是一丘之貉，
雖然夢境逼真到令她害怕，但她一再說服自己，那只是個夢罷了，
何況夢中的側室還是從小到大都很疼愛她的庶姊，怎可能這麼對她？
然而，現實中發生的一些事卻漸漸與夢境吻合了，原來庶姊確實包藏禍心！
明眼人都看得出來府中二夫人及其所出的這位庶姊假仁假義，對她沒有真心，
偏偏就她自己傻，對庶姊言聽計從，去年母親意外過世後更是依賴對方，
結果堂堂安陽侯嫡女的她，因性子軟綿，被庶姊母女迫害仍不自知，
幸好，許是母親在天之靈保佑她，讓她作了那個預知夢，如今徹底清醒過來，
從今往後，她再不會糊塗過日，她要硬起來，救自己免於淒涼又短命的一生！

為流浪貓狗加油 和貓寶貝 狗寶貝

廝守終生(一定要終生喔！)的幸福機會

對人來說，貓寶貝狗寶貝只是生活的一部分，但妳（你）對牠們來說，卻是生活的全部，領養前請一定要考慮清楚──

▲ 會讓人忍不住親上幾口的小妞 吳天天

性　　別：女生
品　　種：米克斯
年　　紀：2歲半
個　　性：親人親狗
健康狀況：救援初期患有心絲蟲，已治療完成，
　　　　　將於12/15覆驗，心絲蟲覆驗過關才結紮
目前住所：新北市三重區

本期資料來源：中途吳小姐

第326期推薦寵物情人

『吳天天』的故事：

小小年紀已升格成母親的天天，生了九隻顏值很高的寶寶，一起被捉捕進新屋收容所。救援初期不親人、不親狗，極度怕生且有低吼咬人的問題，對聲音敏銳度極高，害怕任何會發出聲音的物件。

經過八個多月的訓練，成果豐碩，目前狀態親人也親狗，個性溫和，其實內心住了一個小三八，渴望被愛，滿心滿眼都是牠的愛；生活習慣良好，吃飯、喝水、吃零食都很守規矩，是個很有禮貌又愛排隊的小妞；個性可靜可動，在室內會不吵不鬧地靜靜休息，在戶外可以跟同伴們打打鬧鬧地玩耍追逐。

不過對聲音很靈敏的天天，聽到突然的聲響還是會害怕，尤其車聲最讓牠感到壓迫。但很可愛的一點是，牠遇見陌生人會主動靠近打招呼，遇到貓咪也很和善，卻因此反倒常被貓咪凶呢！

天天最愛在鄉下的空曠地上打滾、盡情奔跑，喚回時完全不用費心，只要牠認定您，不管您身在何處，牠的目光總是在您身上，在您還沒出聲喚回時，牠已經奔向您了！來吧，請拿起電話跟吳鳳珠小姐0922982581聯繫，通關密語請說「我想認養吳天天」！

認養資格：

1. 認養人須年滿25歲，有工作且收入穩定，勇於對自己負責，全家人也須同意。
2. 請當成家人一樣愛護，謝絕放養、關籠、睡陽臺或當成顧果園/工廠之類的工作犬。
3. 不接受差別待遇，嚴禁當童養媳。
4. 須同意簽認養寵物切結書。
5. 須同意送養人日後之追蹤探訪，對待吳天天不離不棄。

來信請說明：

a. 個人基本資料：姓名、性別、年齡、家庭狀況、職業與經濟來源等。
b. 想認養吳天天的理由。
c. 過去養寵物的經驗，及簡介一下您的飼養環境。
d. 若未來有結婚、懷孕、出國或搬家等計劃，將如何安置吳天天？

文創風 1014

短命妻求反轉 上

國家圖書館出版品預行編目資料

短命妻求反轉 / 錦玉著. --
初版. -- 臺北市 : 狗屋出版社有限公司, 2021.12
冊 ; 公分. --（文創風 ; 1014-1015）
ISBN 978-986-509-272-6（上冊 : 平裝）. --

857.7　　110018441

著作者	錦玉
編輯	張蕙芸
校對	黃薇霓
發行所	狗屋出版社有限公司
地址	台北市104中山區龍江路71巷15號1樓
電話	02-2776-5889～0
發行字號	局版台業字845號
法律顧問	蕭雄淋律師
總經銷	知遠文化事業有限公司
電話	02-2664-8800
初版	2021年12月
國際書碼	ISBN-13　978-986-509-272-6

本著作物由北京晉江原創網絡科技有限公司授權出版

定價260元

狗屋劃撥帳號：19001626

網址：love.doghouse.com.tw　E-mail：love@doghouse.com.tw